こちら鎌倉あやかし社務所保険窓口

たかつじ楓 Kaede Takatsuji

アルファポリス文庫

https://www.alphapolis.co.jp/

プロローグ　千年前の鎌倉《かまくら》、二人の男

よく手入れの行き届いた広い縁側に、藍色《あいいろ》の羽織を着た初老の男が座っていた。

抜けるような晴天、目の前には満開の桜が咲いている。

皺《しわ》の刻まれた右手を差し出すと、ひらひらと薄桃色の花びらが舞い落ちてきた。

「綺麗だな」

音もなく後ろに立っていた人影が、初老の男に声をかける。

歳は二十代半《なか》ばほど。上背のある精悍《せいかん》な青年は、大きな目を見開いて桜並木を見上げる。

「ああ。あと何回、この桜が見られるかの」

初老の男は落ち着いた声色で、自らの手に収まった花びらを愛おしそうに見つめる。

「なんだ、随分老《ふ》け込んだな。縁起《えんぎ》でもない」

青年は呆れて耳を掻《か》いた。

しかしその耳は、人間のそれと違い頭頂部にあり、まるで獣のように毛に覆《おお》われ、三角にぴんと立っている。

腰には同じく獣の尻尾が生《は》えており、彼が人にあらざる者だということを語っていた。

朱色《しゅいろ》の組紐でひとつに結った、上質な絹のような銀色の長い髪が、心地よい春の風で揺れる。

「私は鎌倉が好きだ。戦も無く平和な世になった時、人々が桜を見て心が安らぐ、そんな場所にしたいものよ」

佇《たたず》まいに貫禄《かんろく》のある初老の男は、若かりし頃と変わらぬ凛《りん》とした瞳で御家人たちの居館が並ぶ様を見下ろしていた。町には人々が行き交っており、満開の桜を眺めては笑みを浮かべている。

「随分と気が長い話だ」

青年が苦笑いをして相槌《あいづち》を打つ。

「願わくば鎌倉の行く先をずっと見ていたいが、人間の寿命は短くてな。だから頼んだぞ、白銀《しろがね》」

初老の男はそう言うと、ふう、と優しく息を吐く。

花びらが風に乗って舞い上がっていった。

長らく壮絶な戦の世界に身を置いた彼の、この地の未来を想うささやかな願いだった。

白銀と呼ばれた青年は、目を細め片側の唇を吊り上げた。それが天邪鬼《あまのじゃく》な彼の返事の代わりだった。

建久九年。

それが後に千年を生きた天狐《てんこ》、白銀と、征夷大将軍、源頼朝《みなもとのよりとも》の最後の会話であり、最初で最後の約束だった。

第一章　小町通り、労災の鉄鼠《てっそ》

鎌倉駅東口を降り、バスロータリーを通り過ぎ左に曲がると、段葛《だんかずら》と呼ばれる真っ直ぐに伸びた道がある。

両側を桜の木で囲まれたその道を歩いて少しすると、大きな鳥居が目に入る。

そこは「桜霞《さくらかすみ》神社」。

鎌倉時代から続く由緒正しき場所で、当時の姿のまま残っている広い神社である。

鳥居をくぐり、石畳を進み階段を登ると本堂があり、初詣《はつもうで》の時期などは賽銭箱の前に参拝客が長蛇の列を作っている。

その本堂の横、小さな木造の社務所にて、神主の娘である藤野紗奈《ふじのさな》は頭を悩ませていた。

「よくわかる健康保険」や「なれる！　社労士」と表紙に書かれた本に蛍光ペンを引

きながら、内容を頭に入れていく。

カラフルな付箋《ふせん》を貼ったその参考書は、何度も読んでいるからしわしわである。

だいぶ覚えたつもりだったが、難しい事例やひっかけ問題はいまだに間違えてしまう。口を尖らせ、本を黙読していた。

「頑張ってるな、紗奈」

社務所の窓口から顔を覗かせたのは、神主であり、紗奈の父である彰久《あきひさ》だった。

紫色の袴《はかま》に烏帽子《えぼし》をかぶっている。

「今から祈祷《きとう》の時間だから、『お客さん』が来たら対応頼むよ」

「うん、わかった」

毎日定時になると、神主自ら本堂にて参拝客に祈祷《きとう》を行うのだ。数分後にその時間が迫っていた。

「あと、白銀様のお相手もな」

そう言われた途端、紗奈の表情が少し曇《くも》ったのを見て、父は苦笑する。

よろしくな、と娘を労《いたわ》り、神主の業務に戻っていった。

白銀様のお相手と言われてもね……と、紗奈はこの神社の祀《まつ》り神《がみ》の名を呟《つぶや》く。

社務所の窓から顔を出すと、目の前にそびえ立つ朱色《しゅいろ》の大きな鳥居の上、青年が横になって寝ている。

まるで家のリビングでテレビを見ているようなだらしない格好で、あくびをひとつ。

指定文化財である神社の鳥居でそんなことをしていたら、間違いなく通報され警察沙汰《さた》なのだが、まばらにいる参拝客達は、誰も彼に気がつかず鳥居をくぐって歩いていく。

立派な白い尻尾と、頭の上にある耳が、彼が普通の人間とは違う、いわゆるあやかしだということを示していた。

選ばれし人にしか見えないとはいえ、その人目を気にしない自由気ままな姿を見て、紗奈はため息をつく。

「全く、誰のせいでこんなに勉強しなきゃいけないと思ってるんだか」

凝《こ》った肩を片手で揉《も》みほぐしつつ、大きく伸びをした。

「おう、今憎まれ口を叩いたのはお嬢ちゃんか？」

わ！　と驚いて思わず声を上げてしまった。

いつの間にか、銀髪をひとつに束ねた狐耳の男が、社務所の前に立っていたのだ。白い羽織袴《はおりはかま》に朱色《しゅいろ》の腰布を巻き、片腕を出す着流し姿で、涼しげに佇《たたず》んでいる。

「ししし、白銀様、いつの間に」

「俺は人間より、ちぃと耳が良くてねぇ」

そう言いながら頭上の狐耳をぴくぴくと前後に動かす。この大きな耳に聞こえない声はない、とでも言うように。

鳥居の上からひとっ跳びで降りて来たのであろう。

白銀は紗奈の前の机に広げられている、健康保険などと書かれた参考書の文字を読んで口をへの字に曲げた。

「嫌なら、そんなしゃらくさい制度やめちまいな。あやかしの世も弱肉強食。人間もそうだろう？」

「全然大丈夫です、ご心配なさらず」

広げた参考書を本棚にしまい、今日の勉強はここまでか、と紗奈は肩を落とす。

平日の昼下がり、人の少ない辺りを見回して、白銀が呟く。

「にしても暇だなぁ、賽銭箱から金抜いて、甘味処《かんみどころ》でも行かないか」

「そんなばち当たりな……」

と言ったところで、この神社で祀《まつ》られている本人が今目の前にいるのだと気がつく。

白銀は気まずそうな紗奈の表情を覗き見ると、

「ばちを当てるも当てないも、俺次第だけど」

上機嫌に尻尾を振りながら、けけけ、と笑った。

＊　＊　＊

人間とは別に、人にあらざる者、あやかしが存在することを、紗奈は物心ついてすぐに理解した。

見える人と見えない人がいるようだが、代々神社関係の血筋の人は見えるらしい。

そして、人間に悪さをする恐ろしい生き物だという世間のイメージと違い、鎌倉のあやかし達は、人間達と共存する穏やかな気質の者が多かったようだ。

霊力が強い者は人や野生の動物に化《ば》け、食事をしたりと自由に過ごし、生活を謳歌《おうか》している。

みんながこの鎌倉という地が好きだからこそ、身分を隠しひっそりと生きていた。

紗奈にとっても、あやかしは幼い頃から身近な存在であった。

学校で友達に意地悪されて泣いていた時には、鎌倉山から降りてきた山犬が、

「無理に友達の輪に入らなくていい。それに、俺達あやかしも君の友達だ」

と慰《なぐさ》めてくれた。

テストで悪い点数をとり親に叱られた時は、

「何百年も生きてるけど、勉強なんてできなくても何の問題もないよ。それより、紗奈ちゃんには良いところがいっぱいあるんだから、それを伸ばしていけばいいんだよ」

と川に住む河童《かっぱ》が、頭の皿を洗いながら言ってくれた。

鎌倉のあやかし達は友達であり、相談相手であり、恩師であった。

いつか恩返しがしたいと、紗奈は常日頃から思っていた。

その中でも、強大な霊力を持つ天狐《てんこ》、白銀との出会いは鮮明に覚えている。

まだ小学校に入る前の幼い頃。

神社の離れに住んでいた紗奈は、母が用事で不在、神主の父は業務で多忙なため、珍しく桜霞神社の社務所の中で留守番をしていた。

しかしテレビも絵本も無い畳の部屋は、子供にはひどく退屈に感じて、巫女《みこ》が小町通りで買ってきたおやつの草団子を持って一人、社務所の外へと出た。

ちょうど桜の季節。春の温かい日差しが心地良く、紗奈は社務所の横にある桜の木の下に腰掛ける。

手に持った草団子を食べようと口を開いた時、頭上から声がかかった。

「うまそうな団子だな」

紗奈が食べるのをやめて見上げると、桜の木の太い枝にあぐらで座り、気だるげに幹《みき》に体を預けている、長い銀髪の青年の姿。

人間なら登るのもはばかられる高さだが、怖がりもせず座っているその青年の頭頂部には、狐のような耳がついている。

紗奈はすぐに、彼があやかしなのだとわかったけれど、人間の姿をしている者を見るのは初めてで、目を丸くして固まってしまった。

「……って、俺の声が聞こえるわけないか」

青年はつまらなそうに呟くと、狐の耳を掻《か》いた。

普通の人間にはあやかしの声は聞こえない。髪と同じ銀色の大きな尻尾を振りながら、退屈そうにあくびをする。

その不貞腐《ふてくさ》れた態度になんだか親近感が湧き、紗奈は手に持った草団子を見つめ、木の上にいる青年へとそっと差し出した。

「良かったら、おひとつどうぞ」

声をかけると、あくびをしていた青年は目を見開き、幹《みき》に預けていた体を起こした。

「お嬢ちゃん、俺の声が聞こえるのか？」

「はい」

頷くと、青年は面白そうに笑い、軽《かろ》やかに桜の木の枝から地上へと跳び降りた。

「じゃあありがたく、ひとつもらうぜ」

高い背をかがめ、幼い紗奈に目線を合わせると、差し出された草団子の一番先のひとつを口に含んだ。

頬を丸くして咀嚼《そしゃく》し、うまい、と頷く。

「粒あんがうまいな。よもぎの風味も悪くない」

狐耳の青年は気に入ったようで、味の感想を言いながら団子を呑み込んだ。

「お嬢ちゃん、名前は?」

「紗奈です」

名前を答えると、白銀は片耳をぴくりと動かした。何か思案している風に目を細め眉をひそめる。

首を傾げて紗奈が返答を待っていると、表情を緩めて白銀は一歩近づいてきた。

「そうか。団子をくれた礼に、いい景色を見せてやるよ」

青年はきょとんとしている紗奈をたくましい腕で引き寄せ、自らの肩に乗せた。

紗奈がきゃあ、と声を上げるも、楽しげな様子で長い銀髪を春風になびかせ、青年は跳び上がった。

桜の木のてっぺんの枝に乗り、眼下を見渡す。

社務所から長い境内《けいだい》の階段、参拝客の姿、朱色《しゅいろ》の大きな鳥居、そして段葛《だんかずら》の並木道と鎌倉の街並みが一望できる。

思わず感嘆の声を上げた紗奈に、青年は笑いかける。

「綺麗だろう、俺の生まれた鎌倉は。千年経っても飽きないものよ」

鎌倉の景色を眺めるには、彼の肩の上は特等席だった。春風が髪を撫で、青年の狐耳も揺れる。

「お兄さんのお名前は？」

この無邪気で無鉄砲な人型のあやかしの名前が気になって、肩に掴まったまま紗奈が尋ねると、

「白銀だ」

肩に担がれている紗奈は、透けるような白い肌、薄い唇から覗く犬歯を間近で見ながらその名を聞いた。

「この神社の、祀《まつ》り神様《がみ》、ですか……？」

父からずっと聞かされていた。この桜霞神社には気高き天狐《てんこ》の祀《まつ》り神《がみ》がいて、千年の時を生きているのだと。

白銀は口の端を上げ小さく頷いたあと、鳥居の横に立つ狐の銅像を指差し、似てないだろ？　と笑った。

大きく立派な狐の姿に参拝客が礼をしているが、確かに目の前にいる銀髪の青年とは似ても似つかない。

「いいか、選ばれし人間にしかあやかしの声は聞こえない。誇るといい。ただ、その力をどう使うかは、お嬢ちゃん次第だ」

そう言って気さくな祀《まつ》り神《がみ》は無邪気に笑うと、もうひとつくれ、と紗奈が手に持ったままだった草団子に噛みついた。

それ以来、神出鬼没な白銀は、紗奈を見かけると何かとちょっかいをかけてくるようになった。

紗奈が成長し、思春期になり、成人し大人になっても、あやかしである白銀の見た目は一切変わらず、十数年経った今もやんちゃな青年の姿で木の上で昼寝をしている。

マイペースな白銀が祀《まつ》り神《がみ》として存在するから、鎌倉には穏やかな空気が流れているのかもなぁ、と紗奈は思っていた。

＊　＊　＊

しかしそんな平和な鎌倉に三年ほど前、事件が訪れた。

暑い夏の終わり、晩秋の頃だった。

雷雨が鎌倉一帯を襲い、それは実に三日以上に及んだ。

局地的な大雨のせいで海沿いは数メートル浸水し、雷が古い建物を焼き火事も多発した。避難勧告が出るほどの、未曾有《みぞう》の災害だったのだ。

季節柄、強力な台風だと世間では言われ、後日寄付金なども募られることになるのだが。

実際は、多大なる霊力を持つ天狐《てんこ》・白銀が、同じく神格化されし隣町の龍神と争い、それによって起こったのだという。

由比ヶ浜《ゆいがはま》の遥《はる》か上空、狐と龍のあやかしが三日三晩、己の霊力を使い果たすまで命懸けで戦っていたのだ。

紗奈も、高台にある避難先の学校から海を眺めたら、白銀の腕から雷が放たれるのが見えて、身震いしたものだ。

そして数日後、雷がやんだ。

駅前の通り、大きな十字路である若宮大路《わかみやおおじ》の中心、滝のような大雨が降る中。

空からそっと降り立ち、全身びしょ濡れの白銀は周囲に集まったあやかし達に一言、

「生意気な龍神だったから、わからせてやったよ」

と言って犬歯を覗かせて笑った。

所々服は破け、髪は雷で焦《こ》げていたが、数日に及ぶ戦いで高揚した瞳は爛々《らんらん》と輝いていた。

遥《はる》か上空では、満身創痍《まんしんそうい》の龍神が己の街へと飛び去り、消えていくのが見えた。

鎌倉中のあやかし達は恐怖した。

隣町の氏神《うじがみ》として、何百年も前から崇《あが》められていた龍神は、霊力も強く偉大な存在だった。

それをたった一人で、大怪我させるほどの力を持っているとは。

その一件以降、白銀は他のあやかしと争ったりはしていないが、強烈な印象があやかし達の脳裏に焼きついてしまった。

白銀を怒らせたら大変だ、と。

霊力というのは、どんなに弱く小さなあやかしでも持っており、その力には限りが

ある。

怪我をすると霊力が減り、霊力が消滅すると、魂《たましい》も天へと還ってしまうのだ。

人間にとっての「健康」が霊力で、無くなると「死」を迎える、あやかしにとって非常に大切な力だ。


雨が収まり、街が落ち着いた頃。

白銀が留守なのを見計らって、桜霞神社に鎌倉中のあやかしが集まってきた。

神主である紗奈の父、彰久に、あんな天災を起こし龍神に喧嘩を売るような白銀に、目をつけられたらたまらない、と泣きついてきたのだ。

河童《かっぱ》や猫又、豆狸《まめだぬき》や鵺《ぬえ》など、さまざまなあやかしが社務所に集まり、助けてくれ、と訴えてきた。

人間の立場としても、あれほどのひどい天災を頻繁に起こされては大変だと、彰久は頭を悩ませた。

平穏に生きているあやかしの、穏やかな生活を保障するためにはどうすればいいか。

父は大学では経済学を専攻しており、神主をする前は一度就職し、サラリーマンを経験していた。

保険関係の会社に勤め、社会保険労務士の資格まで持っている父は、自らの知識を生かして、ある提案をした。

桜霞神社には千年前の建立《こんりゅう》時からそびえ立つ、大きな大きなイチョウの樹がある。

御神木と呼ばれるその樹にはご利益があると、参拝客は木に手を置き祈るのだ。

その御神木に、月に一度あやかしが、各々《おのおの》の霊力を捧げるようにしようと。

そうして霊力を御神木にためておくことで、万が一怪我や病気をして霊力を失った時、御神木から霊力を受け取ることができるという寸法だ。

日本社会における健康保険の制度の、あやかし版を作ったのだ。

人間社会のお金を彼らの霊力とし、霊力を多く持つ者からは多くもらい、少ない者からは少ないなりにしっかり徴収《ちょうしゅう》する。

他の細かい事例は、人間社会の健康保険法と同じシステムにすると決めると、大勢から賛同を得た。

古都鎌倉で、あやかしと人間が共存していくために霊力の保障をしようという名案は、支持されたのだ。

それ以降、桜霞神社のイチョウの樹の前では毎月霊力徴収《ちょうしゅう》の儀が行われており、社務所はあやかしの保険窓口として、毎日様々な相談が絶えない。

毎月御神木に霊力を納め、体調不良で霊力が減ったあやかしが訪れた際には、各々《おのおの》の状況に見合った霊力を渡し、回復してもらうのだ。

最初はみんな戸惑っていたが、怪我や病気を癒《いや》してもらえる仕組みを徐々に受け入れ、感激しているようだった。

幼い頃から、相談に乗り、一緒に遊んでくれていた優しいあやかし達の力になりたいとずっと思っていたところ、三年前、急遽《きゅうきょ》定められたあやかしのための健康保険制度。

当時、ちょうど経済学部に通う大学三年生だった紗奈は、いずれ父のようにあやかしを救う社務所で働けるようになれれば、と学部の中でも保険制度や税金の流れなどを学べるゼミに入り、一通りの知識を習得した。

レポートなどの課題や発表も多く大変なゼミだったが、無事単位が取れて卒業することができた。

卒業後は大手の社労士事務所に入所し、実際にお客様と向き合って話を聞いたり、書類を作成したりと実務経験を積んだ。

父の大学の同期である社労士事務所の所長は、父の跡を継ぐために努力する紗奈に、精力的に様々な案件を教え、育ててくれた。

一年間仕事を教えてもらい、晴れて一人前として社務所に戻ることになった時には、所長も先輩達も、お客様の気持ちに寄り添って、今後も頑張ってねと花束を渡し応援してくれた。

父の仕事の顧客があやかしだというのはもちろん秘密だし、打ち明けたところで彼らにあやかしの姿は見えないのだが。

そういうわけで、この春からは神主で多忙な父に代わり、一人であやかしの相談を受けることとなった。

幼い頃から、何かと助けてくれてきた鎌倉のあやかし達への恩返しがしたい。

健康保険の知識で、怪我や病気をした彼らを救えるなら、これほど嬉しいことはない。

しかし、ひとつ気がかりなのは、白銀の存在である。

幼い紗奈が団子を渡したお礼に、鎌倉の景色を見せてくれた、無邪気で気さくな祀《まつ》り神《がみ》。

そして、三年前に龍神と激しく争い、鎌倉一帯に天災を巻き起こした、今やあやかし全員から恐れられ、忌《い》み嫌われる狂気の天狐《てんこ》。

一体、彼の本当の姿はどちらなのだろう。

御神木を使った健康保険の制度も、彼の起こした事件のせいで始まった。

けれど本人はどこ吹く風といった調子で、今日も桜霞神社の鳥居の上であくびをしている。

＊　＊　＊

「駅前に期間限定の飲み物が売ってるらしいぞ。黒くて丸いわらび餅みたいなのが入ってる甘い飲み物だ」

社務所の受付に頬杖をついている白銀が告げた。

黒くて丸いわらび餅ってなんだろう……と考えて、

「タピオカですか？」

「なんかそんな名前だったかもな」

紗奈の言葉に白銀が頷く。

さすがに社務所を空《あ》けて駅前にタピオカドリンクを飲みに行くわけにはいかない、と首を横に振ると、不服そうな白銀が文句を言い、やりとりは続く。


ぴんぽーん、ぴんぽーん。


チャイム音が鳴った。

社務所の入り口に、『御用の方はこちらを押してください』とあやかしにしか読むことができないお札を貼っているので、相談に来たあやかしが鳴らしたのであろう。

来客に違いないと、音がした方へと向かう。

「はい、いかがしましたか……って、あれ?」

紗奈が社務所から顔を出して辺りを確認するも、そこには人っこ一人いない。

「誰もいない、いたずらかしら」

近くにいる白銀も、さあ、と首をかしげる。

「いるわよ、ここよ！　あたちよ、あたち！」

甲高い声が響いた。

ここ、ここ、と声がする方は、足元だった。そんなところにいるはずがないと思いながら身を乗り出して下を覗き込む。

「あたち、腕と腰が痛くてちょうがないの。助けてちょうだい」

手のひらに乗りそうなほど小さく、茶色の毛並みをしたリスがこちらを見上げていた。

＊　＊　＊

社務所の中、和室の広間に客人を招き、お茶菓子を用意する。

用意した座布団ではなく、机の上に乗り、リスは向かいに正座した紗奈に頭を下げた。

「ありがと。あたちの名前は梅子《うめこ》よ。よろちくね」

梅子と名乗ったリスは、くりくりの黒目が可愛らしい。

「初めまして梅子ちゃん。今日は何か相談事ですか？」

「うん。あたちは鉄鼠《てっそ》で、人間に怖がられないようにリスに化《ば》けているんだけどね」

高い声で梅子が説明を始める。

鉄鼠《てっそ》とはその名の通り鼠《ねずみ》のあやかしで、体は小さいけれどとても賢く、悪知恵が働くと言われている。

鎌倉には野生のリスが多く、家屋の屋根や、電線を駆けているのを街中でよく見かける。地元民は馴染《なじ》みだが、観光客は珍しく感じるらしく、その愛らしい小動物の姿が見えると歓声が上がったり、記念撮影が始まったりする。

あやかしは基本的には人から見えない存在だが、己の霊力を使って擬態をすると人からも見えるようになる。その時化《ば》ける生き物が、元のあやかしの姿に近ければ近いほど、霊力をあまり消費しなくてすむ。

つまり、鎌倉に生息するリス達の中には、霊力の消費を『低燃費モード』ですますために鉄鼠《てっそ》が化《ば》けたものが相当数いるというのだ。

「あたち達鉄鼠《てっそ》は、小町通りを綺麗にちようと毎日、日の出から日の入りまで通りをかけ回って、ゴミや落とち物の処理をちているの」

駅前の商店街、小町通りは鎌倉随一の有名な道で、美味しいご飯屋さんやお土産屋《みやげ》さんが立ち並び、観光スポットとして名高い場所である。

そのため人通りは多く、休日は広い道幅が人で埋まるほど混雑する。

「確かにあの辺はリスがよく走ってると思ったけど」

「人間達の捨てたゴミをちゃんとゴミ箱に運んだり、落とち物を警察に届けたりちてるの。頑張り屋さんでちょ？」

そういえば地元の夕方のニュース番組で、道端に落ちていた鍵を口にくわえたリスが、警察署の前にそれを置いていき、落とし主が見つかりお手柄！　というほっこりトピックを見た気がする。

茶菓子として出したピーナッツを、小さい手で掴み口に運ぶ梅子。

ぽりぽり、という音が部屋に響き、黒目をますます大きく見開いた。

おいちい！　と声を上げ、もうひとつ手にとる。

「住処《すみか》である小町通りを綺麗にちたいと、鉄鼠《てっそ》はリスの姿で毎日頑張ってるの。でも結構大変で……」

よほどピーナッツが気に入ったのか、頬袋をパンパンに膨らましている梅子が、三

つ目を手に取ったが、

「痛！」

大粒のピーナッツを皿の上へ落としてしまった。

「だ、大丈夫？」

紗奈が突然の梅子の様子に驚くと、梅子は小さな手を震わせてうずくまった。

「痛いの……毎日お仕事頑張ってたら、腕と腰が……痛くなっちゃって。物が持てないち、歩くのもつらいのよぉ」

尻尾を丸めて、痛そうに縮こまってしまった。可哀想だが、その頬袋はいまだにパンパンでちょっと情けない。

「なるほど、その体調不良の相談に来たのね」

あやかしが不健康になると、霊力も弱まってしまう。早めに治したほうが良い。

「おねがいいぃ、毎月御神木に霊力納めてるち、助けてよぉ。このままじゃリスの姿にもなり続けられないかもぉ」

「鉄鼠《てっそ》の姿に戻りたくないの？」

「いやよぉ、リスの方が可愛いじゃない。ネズミは汚くてダサいもん。あたちは可愛くいたいのぉ」

ネズミに対してひどい言い分である。

しかし話を聞くと、街の美化のために一生懸命頑張っていて、体を痛めてしまった梅子が不憫《ふびん》である。

助けてあげたい、と素直に紗奈は思った。

「わかったわ。じゃあ、いくつか質問してもいい？」

「なあに？」

「腕と腰は、お仕事中に痛くなったの？」

尻尾を丸めて震えている梅子に、優しく問いかける。

「そうよ。昨日小町通りでお仕事ちていたら急に痛くなって……。場所は紫芋ソフトクリーム屋さんの前ぐらいかちら。一緒に働いてる鉄鼠《てっそ》のみんなに心配されて、そのまま帰ったんだけど」

腕が痛いのであろう、さすりながら、黒目をうるうる潤《うる》ませている。

うん、と紗奈は頷いて、腕を組む。

「もしかしたら、労災になるかもしれないわね」

「ろうさい？」

なぁにそれ？　とばかりに梅子は復唱する。

「お仕事中や通勤中の怪我は、労災といって、会社が保険料を納めている労災保険からお金が出るの。だから梅子ちゃんの場合は、一緒に働いている鉄鼠《てっそ》全員から少しずつ霊力をもらえることになるかしら」

「仲間は三十匹以上いるから、いっぱいもらえるわ！」

父の彰久が、人間界の健康保険と同じ制度であやかしも平等に保障をする、と念書を書いてしまったため、娘である紗奈もいろんなケースを自分の中で噛み砕いて当てはめていかねばならないのだ。

梅子の場合、日の出から日の入りまでの時間、小町通りで清掃の仕事をしており、その時間・場所で怪我をしたのだから『労災』に該当するかもしれない。

この場合、会社は同じ仕事をしている鉄鼠《てっそ》達のグループとなる。

業務外の怪我は、病院に行った際の医療費は三割自分で負担し、休業補償も六割しかもらえないが、業務中の怪我で労災に当てはまる場合は、医療費の負担はゼロ、休業補償も八割もらえる。

三十匹もいるという仲間達から少しずつ霊力を分けてもらえれば、きっと体も元気になるに違いない。

「小町通りのリスさん達に話を聞きに行こうかしら」

本人からは話を聞けたし、今度は実際に現地へ行って確認してみよう。

紗奈の笑顔に安心したらしく、梅子がほっと息をつく。

「面白そうだな、俺も行こう」

いつから話を聞いていたのか、白銀が紗奈の隣の座布団に座っていた。

このお狐様の大きな耳には、どこにいても会話の内容など筒抜けなのだろう。

ピーナッツの入った小皿の横で、小さく座っているリスの梅子の姿を見下ろす。

「お前さんを見てたら、『クルミんみん』を食べたくなったしな」

小町通りにある老舗《しにせ》のお菓子屋さんで、リスの絵柄を包装紙に使った、クルミ入りの人気菓子を思い出したのか、白銀は犬歯を覗かせニヤリと笑った。

三年前の未曾有《みぞう》の天災を起こした問題児を目の前にして、梅子は背中を丸めて茶色い毛を逆立てた。

「きゃあぁーーー！　本物の白銀様だぁ！　ここ、こわい……」

しかし腰が痛いからその体勢は辛いらしく、座布団の上でジタバタしている。

「ほう、俺が怖いか？」

「ひぃぃぃ……！」

面と向かって怖がられたのが不服だったのか、白銀は梅子の首根っこを掴んで持ち上げる。

大きな黒目を潤《うる》ませて暴れる梅子が可哀想で、紗奈が止めるも、白銀は聞く耳を持たない。

「あ、あたちのことは食べないでくだちゃい……」

背中を丸め、消え入りそうな声で梅子が呟いた。

「ふふん、ちょうど腹が減ったし、食べちまおうかな？」

白銀は、あーんと大きな口を開けて梅子に顔を寄せる。

手の中で毛を逆立てて丸くなっている梅子を見て、口角を上げると、もう片方の手でお茶菓子のピーナッツを摘《つま》んで口の中に放り込んだ。

「あーうまいうまい」

咀嚼《そしゃく》しながら、怯える梅子をテーブルの上に置いてやる白銀。

何が起こったのかわからず、キョロキョロと辺りを見回す梅子。

「からかったわね！　ちょっと、あたちのピーナッツ全部食べてる！」

騙されたのが悔しいらしく、梅子はお皿の前で地団駄《じだんだ》を踏んでいる。

片眉を上げて、けけけ、と悪びれもせず笑う白銀。

「白銀様。お客様に出したお茶菓子、食べないでくださいよ」

紗奈はあやかし同士の喧嘩の仲裁をしつつ、小さくため息をついた。

＊　＊　＊

『ただいま外出中です』というあやかしにしか読めない札を社務所前に下げ、紗奈はブラウスにデニムスカートというラフな格好で神社の境内《けいだい》を降りた。

小町通りを三ノ鳥居方向から歩き出す。

平日のお昼だけれど、人はそこそこ多く賑わっている。ランチタイムだからか、人気の食事処には並んでいる場所もあった。

今まで父の手伝いだけをしていた紗奈が、初めて自分一人で請け負った仕事だ。必ず梅子を助けようと意気込んでいた。

「いつ来ても賑わってるな、この通りは」

隣を歩く青年の声に振り返る。

現地まで一人で向かおうと思っていたのに。記念すべき初仕事だというのに。

「なんでついてくるんですか、白銀様」

「なぁに、我が街の視察だよ、お嬢ちゃん」

先ほどまでの、印象的な長髪に狐耳、そして大きな尻尾はどこへやら。

白銀は街中を歩く通行人に怪しまれないために、人間の姿に化《ば》けていた。

顔立ちと背丈はそのままで、黒髪短髪、耳も人間の耳になり尻尾は消している。

白いシャツの上にネイビーの上下セットアップのジャケットスタイルで、どこからどう見ても人間の青年にしか見えない。

元々長いまつ毛に、大きな目、白い肌を持つ白銀は、すれ違う女性達がみんな二度見をするほどの美形であった。

平凡な自分が横を歩くのは、なんだか恥ずかしい。紗奈はうつむき気味に歩みを速める。

「とりあえず、リスを探しましょうか」

梅子の仲間かつ同僚の鉄鼠《てっそ》に、少し話が聞きたい。

小町通りは三百六十メートルほどの真っ直ぐ通った商店街である。よくリスが電線の上を走っていたりするのだが、見つかるだろうか。

道ゆく人々は、お店で売っているお土産《みやげ》や街並みを眺めているのに、紗奈と白銀は電線や屋根を見上げていて、やや不自然だった。

「あ、いた！　もしもし、お話聞いてもいい？」

そうして探していたら、お土産《みやげ》屋の瓦屋根の上に、子リスがぴょんと跳ねているのを見つけた。

小走りで追いかけてそのリスに声をかけるも、少しだけ振り返り紗奈を見つめた後、耳をぴくぴく動かし軽《かろ》やかに跳んで行ってしまった。

「あれは本物の野生のリスみたいだな」

「わ、わかりにくい……」

鉄鼠《てっそ》が化《ば》けたリスと、本物のリスは見分けるのが難しい。ただリスに話しかけた怪しい人物になってしまったので、紗奈は恥ずかしくて顔を紅くした。

こうなれば根比べだと、焦らず商店街を歩くことにする。

しばらくして、風に乗って香ばしい醤油《しょうゆ》の香りが漂《ただよ》ってきた。

近くの店では金網の上で煎餅《せんべい》を焼いていて、その香りだということがわかった。

「いらっしゃい、お二人で今日はデートかしら？　あらあ、すごいイケメンのお兄さんね」

煎餅《せんべい》屋の店員であろう、初老の女性が白銀を見て気さくに話しかけてきた。

食べ歩きをするのが醍醐味《だいごみ》の小町通りだ。煎餅《せんべい》や人形焼きなどの和菓子から、クレープやワッフルの洋菓子まで、その場で買って食べることができる。

歳も近く見えるし、並んで歩いているからカップルだと思われたのであろう。

「いや、違いま……」

「嬉しいこと言ってくれるね、お姉さん」

否定しようとした紗奈の言葉を遮《さえぎ》り、いつもの生意気そうなにやけた笑いではなく、爽やかな微笑みを浮かべて、店員に返事をする白銀。

「やだ、お姉さんなんて何十年ぶりに言われたわ！　嬉しいねぇ、これ持っていって」

焼きたての大きな醤油煎餅《しょうゆせんべい》をふたつ渡してきた店員の瞳の中に、ハートマークが見えた気がした。

ありがとうございます、と会釈《えしゃく》をした紗奈の横で、ウインクをする白銀。

数人いた他の店員からも、きゃあと黄色い悲鳴が上がる。

盛り上がる店内を背にして、歩き出す。

タダでもらっちゃって悪いなぁ、と思いつつかじると、甘しょっぱい醤油《しょうゆ》の味が口いっぱいに広がった。海苔《のり》はパリパリで、焼きたての煎餅《せんべい》もさっくりしていて美味しい。何枚でも食べてしまいそうだ。

「白銀様ってほんと、調子いいですよね」

自分の祖母ほどの年齢の店員に、お姉さんはさすがにリップサービスが過ぎると思うのだが。

「俺から見れば、全員可愛い子供みたいなもんだよ」

千年生きていると言われている天狐《てんこ》は当たり前のように言い、手元の煎餅《せんべい》を咀嚼《そしゃく》した。じゃあ私は赤ちゃんみたいなものかもなぁと、背の高い彼を見上げる。

その時、最後の一口で噛み砕いた煎餅《せんべい》のかけらが、手元からぽろりと落ちてしまった。

いけない、とバッグからティッシュを取り出して食べかすを拾おうとしたら、
しゅんっ。

風を切る音がして、茶色の毛玉が目の前を横切ったかと思うと、今落とした煎餅《せんべい》のかけらを手に拾ったリスが、地面からこちらを見上げていた。

リスは黒目を丸くして紗奈達を見ていたが、すぐに大きい尻尾を揺らしぴょんと駆けて行った。

「あ、ちょっと待って！」

リスを追いかけて走り出す。しかし軽《かろ》やかに細い路地を曲がり、姿が見えなくなってしまう。

小町通りの奥道に入り、辺りを見回しながら歩いていくと、道端に置いてあるゴミ箱の上に先ほどのリスが乗っており、手に持っていた紗奈の落とした破片をその中に入れた。

『あたち達鉄鼠《てっそ》は、小町通りを綺麗にちようと毎日、日の出から日の入りまで通りをかけ回って、ゴミや落とち物の処理をちているの』

梅子の可愛い声が頭の中で再生された。

あの話が本当なら、お菓子のかけらを食べるでもなく、わざわざゴミ箱に捨てたこの子は、梅子の仲間に違いない。

「あなた、リスに化《ば》けてる鉄鼠《てっそ》よね？」

紗奈が声をかけると、ゴミ箱の上のリスは首をこちらへ向けた。

「なんだい、アンタ『見える人』かい。ならゴミ捨てないでくれよな。おいら達の手間になるんだ」

そばに置いてあったベンチの上に乗ると、そう声をかけてきた。

「ごめんなさい。気をつけるわ」

やはりあやかしだったようだ。

紗奈が謝ると、オスと思われる鉄鼠《てっそ》は歯をカタカタと鳴らしていた。

探していた存在が見つかったので、早速聞き込みを始める。

「あなた、梅子ちゃんてご存知かしら？　もし知ってたら梅子ちゃんの怪我の件で、ちょっと聞きたいことがあるの」

「ああ、知ってるよ。あいつ昨日から休んでるよな」

やはり知り合いらしい。これは、労災か否《いな》かの聞き込みをする絶好のチャンスだ。

「彼女、腕と腰が痛いみたいなの。お仕事中に、電線から落ちて腕や腰を打ちつけた、とかじゃないかしら？」

「いや、ちょうど近くで見てたけど違うよ。平坦な道を歩いてたら、急にうずくまって痛い痛い言い出したから」

「時間はお昼頃で、紫芋ソフトクリーム屋さんの前あたり？」

「そうだね」

梅子から聞いた話と、目撃者の同僚の話をすり合わせていく。どうやら嘘ではないようだ。

「おいらも、たまに体が痛くなることはあるけど、ストレッチして風呂入ってよく寝れば治るからなぁ」

まるで言っていることが人間のサラリーマンみたいだ。目の前にいるふわふわの毛の小柄なリスも、体調管理のため人間に似たルーチンをしているようだ。

「食い意地の張った梅子のことだ、でっかい栗まんじゅうでも拾い食いして、ぎっくり腰とかになったのかもな」

からかうように笑う彼の顔を見て、愛嬌《あいきょう》があり可愛らしい梅子は、きっとみんなの人気者なのだろうというのがうかがえた。

彼女が聞いていたら、『ちがうもん！』と頬を膨らませそうだ。

「そう、参考になったわ。色々教えてくれてありがとう」

メモを取りながら、紗奈が鉄鼠《てっそ》にお礼を言うと、尻尾を振って挨拶を返される。

「いやいいよ。それよりアンタの後ろの人は……とんでもない霊力だけど、人間じゃないよな……？　あやかし……？」

紗奈の後ろで、腕を組み二人のやりとりを無言で見ていた白銀の姿を確認し、オスの鉄鼠《てっそ》は恐る恐る聞いてきた。

小さな体をしていてもあやかしだからか、白銀の霊力の量を感じ、ただならぬ存在だと本能でわかったのであろう。

「その金の瞳……まさか白銀様……？」

やはりオスの鉄鼠《てっそ》も梅子と同じで、白銀に対しては畏怖《いふ》の感情を抱いているらしい。

「いや……あんな凶暴な奴が人間に化《ば》けて人間と行動するなんてことは無いか……」

鉄鼠《てっそ》はブツブツと呟きながら首を振った。

白銀は凶暴な奴、と言われたのが気に食わなかったのか、髪を掻《か》き上げ、気だるそうに鉄鼠《てっそ》へと近づく。

「人間かあやかしか、どっちだと思う?」

金色の目を見開いて笑った。

さっき煎餅《せんべい》屋の店員に向けた優しい微笑みではなく、捕食者が餌《えさ》を見つけたような、まさに凶暴な瞳だ。蛇に睨まれた蛙同然に、鉄鼠《てっそ》は毛を逆立てて固まってしまった。

「もう、怖がらせないでください。行きますよ」

相手をおちょくる白銀の悪い癖だ。

紗奈は鉄鼠《てっそ》に平謝りをし、白銀の腕を引っ張って元来た道へと戻った。

＊　＊　＊

一人だけではなく、他の鉄鼠《てっそ》にも聞いた方がいいと、リスを見つけては話しかけて事情を聞いていたら、すっかり時間が経ってしまった。

さっきもらった煎餅《せんべい》ぐらいしか食べていなかったので空腹でお腹が鳴り、紗奈が恥ずかしそうにうつむいていたら、腹ごなしするぞ、と白銀が提案してきた。

小町通りの脇道を入った細い路地裏に、ひっそりと建っている黒いウッド調のカフェへと入店する。

ミルクハウスという名前のカフェは、雰囲気も良くご飯も美味しいと人気のお店で、紗奈もお気に入りの場所であった。

日当たりの良い窓際の丸テーブルに案内される。

アンティークな店内は、白い壁に小さな絵や振り子時計が飾られていて、ランプも温かいオレンジ色の間接照明で、とても居心地が良い。

女性客が多く、みんな談笑したり静かに本を読んだりと各々《おのおの》の時間を楽しんでいる。

昼食には遅く、夕飯には早い半端《はんぱ》な時間だったが、空腹で腹の虫が鳴り続くので、紗奈はメニュー表を見て、ミルクライスを注文した。

向かいに座り同じくメニュー表を眺めていた白銀も、同じ物をと注文する。

しかし本当に食いしん坊な人だな、あやかしってお腹すくんだ？　と疑問が頭をよぎる。

程なくして注文がテーブルの前に並べられた。

ミルクライスとは、チキンライスの上にホワイトソースがかかった洋食である。

ケチャップやデミグラスソースがかかっているオムライスとは違い、白いソースの、少し珍しいメニューである。

赤いチキンライスのケチャップと、白いホワイトソースが混じり、酸っぱさと甘みがとろけ合い美味しい。ひとつまみのパセリもかかっていて、緑の差し色も綺麗だ。

上品な花柄の食器を使っており、目も癒《いや》される。

紗奈がスプーンですくい口に運ぶと、優しい味が広がる。

「んー、美味しい！」

小町通りを何往復もしたため、意外に疲れてしまっていたようだ。空腹に染み渡る。

「これは牛乳か？」

向かいに座る白銀は、珍しそうにまじまじと見ていたが、口に運ぶと気に入ったのか、無言でどんどん食べ進めていった。

ソース一滴も皿に残らないほど、綺麗な食べっぷりであった。

静かな音楽が流れる落ち着いた空間で、美味しいご飯を食べるのは最高だな、と紗奈は思った。

食べ終わって食後のコーヒーを飲んでいたら、満腹になった白銀がお腹をさすっていた。

「ふー食った食った。んでお嬢ちゃん、あのリスはどうするんだい？」

コーヒーは苦いから苦手だと、白銀はメロンソーダを注文していた。背の高い青年が、細いストローでメロンソーダをすすっているのは、なんだか幼く見えて可愛い。

「そうですね……結論から言うと、今回労災にするのは難しそうです」

千鳥格子《ちどりごうし》柄のコーヒーカップをテーブルに置き、紗奈は眉根を寄せる。

「なんでだ。あいつらの言う通り、仕事中の怪我なんだろ？」

「そうですね、場所と時間はまさに勤務地、勤務時間中なので問題ないんですけれど」

昼頃、ソフトクリーム屋の前で体が痛んだという梅子。

目撃者の同僚曰《いわ》く、他の鉄鼠《てっそ》も仕事をしていた昼の時間だし、ソフトクリーム屋は小町通りの中央にあるので、勤務地から離れてもいない。

毎日参考書を読み勉強し、頭に叩き込んだ労災保険の内容を思い出す。

「判断が難しいところなんですが、慢性疾患《まんせいしっかん》は労災と判断されづらいんです」

「慢性疾患《まんせいしっかん》？」

「いわゆる職業病、みたいなものですね」

紗奈は社労士事務所で働いていた時の経験を生かして、事例に当てはめて説明する。

「人間の職業で例えると、工事現場の作業員さんが、お仕事中に脚立《きゃたつ》から落ちて骨折しました。これは労災に該当する可能性が高いです。でも作業員さんが、工事現場で毎日重い物を運んでいたので、慢性腰痛になりました。これは、労災に該当しない可能性が高いんです」

「なんで」

「仕事中の行動が原因での怪我でなければいけないんですよ。……すごく嫌な言い方になりますが、プライベートや休日に、一度も物を持たないの？　ということなんです」

もしかしたら、休日にスーパーでたくさん買い物をして、荷物を持った時の疲労の蓄積かもしれない。猫背でスマホやパソコンを長時間見ていたせいで、腰が痛んだのかもしれない。

『業務起因性』の証明が難しいため、慢性的な痛みは労災にするのが難しいのだ。

「結構厳しいな、人間社会は」

白銀は肩をすくめた。あやかしの姿だったら、頭頂部の耳をぴくぴく動かしていたに違いない。

「厳しいですよね。業種によって、体を酷使するから痛めやすいのに、慢性疾患《まんせいしっかん》は労災に認められにくい。バスやタクシーの運転手さんは、ずっと座って運転しているから、椎間板《ついかんばん》ヘルニアや痔《ぢ》になる方もすごく多いです」

「ぢ……」

想像して痛くなったのか、白銀は椅子に座っている自分の尻を見下ろし、身震いをした。普段白く大きな尻尾の生《は》えている彼からしたら、恐ろしい病気なのかもしれない。

「だから梅子ちゃんの場合、電線から落ちて地面に腰を打ったとか、何か重い物が落ちてきて腕を挟んだとかなら労災になるんですけど、毎日駆け回ったり、手に収まる程度の物を運んだりして徐々に痛くなってしまった、というのは……労災には該当しないと思います」

人間もあやかしも、一生懸命働いた結果、体が悲鳴を上げてしまったのだから同情の余地はあるはずなのだが。

口にしたコーヒーの苦みだけでなく、やるせない気持ちで顔をしかめてしまう。

「まあ、無理しないで辛くなったら休むことだな。人間もあやかしも」

澄《す》んだ緑色のメロンソーダを飲みながら、珍しく白銀が優しいことを言ったので、紗奈は同調して頷く。

「健康が一番大事ですからね」

オルゴールの音色が流れる穏やかなカフェ店内で、紗奈はため息をつく。

「ところで品書きに載っていた黄色い甘味も食べていいか？」

「プリンですか？　いいですけど……」

「お嬢ちゃんも、疲れた時は甘い物が一番だよ」

そう言うと、白銀は店員を呼び止め、プリンをふたつ注文した。

やるせない様子の紗奈を元気づけようとしたのだとは感じたが、どうせお代は私が出すんだけどね、と紗奈は鎌倉一の問題児を眺めて苦笑した。

＊　＊　＊

社務所に戻り、襖《ふすま》を開ける。

畳に敷いた来客用の布団の上に、リスの梅子が大の字になってひっくり返っている。体調が悪そうなので、ゆっくりしていてねと促したのだ。

人間の大人用の布団に、ぽつんと小さな子リスが仰向けになっているのは、なんだか面白い。

梅子は紗奈と白銀の姿を確認すると、耳を尖らせゆっくりと起き上がった。

「どうだったかちら？　あたち、霊力いっぱいもらえる？」

背中は丸めたまま、期待と不安の混じった瞳で見上げてくる梅子。

紗奈は、申し訳ない気持ちになりながら、座布団に座り事情を説明した。

腰と腕の痛みは、仕事時間中、仕事場にて痛み出したが、急性の怪我では無く慢性的なので、労災は難しいと伝える。

最初は興味深そうにうんうん、と聞いていた梅子も、最後の方になると目に見えて意気消沈していた。

「そう……だめなのね……」

もっと嫌がったり抵抗したりするかと思ったが、もうそんな体力もないらしい。すんなりと受け入れた梅子は尻尾を丸めてうなだれた。

「労災になったら、仲間のみんなからいっぱい霊力もらって、毛並みつやつやの、パワーつよつよの、最強リスになれると思ったのにぃ」

期待していた分、がっくりきたのであろう。

紗奈が働いていた時もそうだった。労災で手厚く給付がもらえると思っていた人の、対象にならないと言われた時の悲しそうな瞳を思い出す。

「残念だったな。そうはうまくいかないもんだ」

社務所に帰ってきたので元の姿に戻ったのか、白い髪で耳と尻尾を生やした白銀が煽《あお》るように言うものだから、梅子はますます体を小さく丸めた。

「で、でもね。梅子ちゃんはちゃんと毎月御神木に霊力を納めてくれてるから、保障できるよ。落ち込まないで」

労災がダメでも健康保険はちゃんと使えるのだから、と説明する。

「そうなの?」

「もちろんよ。怪我や病気をして苦しんでるあやかしを救うための制度なんだからね」

紗奈は元気を出してほしいと、梅子に優しく微笑みかけた。

＊＊＊

桜霞神社の境内《けいだい》の麓《ふもと》、長く伸びたイチョウの木がそびえ立っている。

この神社ができた千年近く前からあるというその樹の幹《みき》は、年輪を重ね太くたくましい。

日が暮れ、夜遅く薄闇の中に佇む御神木は、一層威厳《いげん》を感じさせた。

紗奈と梅子はそのイチョウの木の下に立ち、空高いてっぺんを見上げた。

「じゃあ始めるわね」

紗奈の両手の上に包まれるように乗っている梅子が、こくんと頷く。

夜は月の光を受け、御神木が一番霊力を蓄えている時間だ。

参拝客が帰り、日が沈んだ後に霊力供給の儀を行うのである。

「御神木よ、施しを与えたまえ」

樹を見上げ、静かな声で紗奈が言葉を放つと、葉が揺らめきだした。

ざわざわ、と葉の擦《こす》れる音が周囲に鳴り響いた後、その一枚一枚に、ゆっくりと光が灯っていく。

温かく、橙色《だいだいいろ》の小さな光。しかし生い茂る葉の数だけ光が灯るので、それは天まで照らすかの如《ごと》くきらきらと輝きだした。

クリスマスツリーのイルミネーションのような明るい光に、梅子が、わあ、と感嘆の声を上げた。

ひらり、と葉が舞い落ちる。

その葉に灯っていた光が、まるで蛍のように風に乗りゆっくりとそよぎ、梅子の体に触れた。

紗奈の両手に乗っていた梅子の体を、優しい光で包みこむ。

「わあ……あたたかい。体がいたくなくなった……！」

腰の痛みのせいでずっと体を丸め、へたり込んでた梅子が、光をまとったまま立ち上がった。嬉しそうにぴょんと跳ねる。

その輝きは、あやかしから集めた霊力の塊《かたまり》だ。体に触れると、力として吸収されるのだろう。

「全然いたくない、すごいわ！」

「よかった、上手くいったみたいね」

御神木は梅子の喜ぶ声を聞いて、ちかちかと点滅して輝いている。

光に照らされて、喜ぶ梅子を見下ろす御神木。

すると、四方八方から小さな黒い影が、紗奈の周囲に集まってきた。

「梅子ちゃん大丈夫だった？」

「無理すんなよ、心配したぜ」

周りを取り囲んだのは、梅子の仲間であるリスの姿をした鉄鼠《てっそ》だった。

ざっと数えて三十匹ほど。おそらく全員が、彼女の体を心配し、息を潜《ひそ》めて神社に集まっていたのだろう。

「みんなぁ……来てくれたのね」

梅子は紗奈の手から地面へとぴょんと飛び降り、全然痛くないわ、と尻尾を振りながら楽しげに一回転した。

リスの仲間達は、よかったよかったと声をかけ、安心したように彼女に駆け寄った。

労災にすることはできなかったが、きっと仲間達は言われればすぐに、彼女に霊力を差し出したに違いない。

霊力より、同僚達の仲間想いな気持ちが、一番の薬だろう。

「紗奈ちゃんありがとう。あたち元気になったわ」

「良かった。お大事にね。今度は体がきつくなる前に、無理せず休んでね」

「うん！」

梅子は元気良く頷くと、鳥居の上にいる白銀に視線を向けた。

「白銀様も、ありがと！　あたちアンタのこと誤解ちてたわ。鉄鼠《てっそ》のみんなにも、案外悪い奴じゃないって伝えとく！」

最初怖がっていた梅子は、腰痛を治すために手伝ってくれた白銀に感謝しているようだ。

「そりゃあ、どうも」

狐の耳を掻《か》きながら、軽い調子で白銀が返す。そんなに嫌われてたのかと少々不服なのだろう。

リスはみんな口々にお礼を言うと、境内《けいだい》の横を通り抜け小町通りの方へと去っていった。

小さなあやかし達の、確固たる絆《きずな》を目の前にして、紗奈は解決して良かったな、と微笑んだ。

「一件落着だな、お嬢ちゃん」

鳥居の上に座り、あぐらをかいていた白銀が、リスの群《む》れを視線で追いながら愉快そうに声をかけてきた。

「元気になって良かったです。彼女もこの鎌倉を守ってくれているあやかしの一人ですからね」

紗奈の言葉に頷くと、白銀は立ち上がり鳥居の上から飛び降りた。

ひらり、とまるで舞を舞うかのように優雅に着地する。羽織と銀色の長い髪が、月明かりの下で揺れる。

「初仕事は上手くいったようだな」

紗奈一人での相談業務は初めてで、本当は少し不安だったのだが、無事解決して良かった。人間に化《ば》けた白銀が手を貸してくれたおかげで聞き込みもスムーズにすんだから、感謝している。

「はい！　白銀様、ありがとうございました。今後も、傷ついたあやかし達のために頑張りますよ！」

まだまだ知識も実務経験も未熟で、上手くできるか不安だったのだが。梅子の笑顔を見て、やりがいがある仕事だと感じた。一人でも多くのあやかしを救いたいと、心から思えた。

「そりゃあよかった。頑張れよ、次期神主様」

白銀は紗奈の背中をばんばん叩いた。う、と声がくぐもる。

手加減がない。がさつな白銀に目を細めて訴える。

「痛いですよ。私がここで怪我したら、間違いなく労災ですからね」

勤務地である神社での負傷なのだから当たり前だ。なんならさっきのカフェのお代を返してもらおうか。

白銀は、おお怖い、と肩をすくめ、けけけと笑った。

第二章　由比ヶ浜、第三者行為の八咫烏《やたがらす》

誰かが言った。「鎌倉は一年中いつ行っても混んでいる」と。

四季折々、飽きることなく様々なイベントが楽しめるからだ。

春は段葛《だんかずら》に桜が咲き誇り、それを愛《め》でながら小町通りで食べ歩き。

梅雨《つゆ》は長谷寺《はせでら》に紫陽花《あじさい》が咲き、青白紫ピンクの綺麗な花が視界いっぱい広がるのは圧巻だ。

夏は花火と海水浴。江《え》の島《しま》や由比ヶ浜で昼に海水浴を楽しみ、夜は水上花火が上がる。

秋は橙色《だいだいいろ》に染まった紅葉《もみじ》狩りを楽しめ、散策にちょうど良い気候だ。

冬は初詣《はつもうで》。除夜の鐘が鳴り、神社のお参りに大勢の人が並んでいるのがよくニュースで取り上げられている。

神社としては一番忙しいのは年末から年明けにかけての初詣《はつもうで》シーズンなのだが、こ

れだけ見所のある鎌倉は日々観光客が多く訪れ、駅から近く大きい街のシンボルである桜霞神社も参拝客が絶えることはない。

今日も新生児のお宮参り、厄年の方の厄払い、地元企業の商売繁盛《はんじょう》祈願など、神主である父は一日中引っ張りだこだ。

——そのため、あやかし達の相談窓口と、自由奔放《じゆうほんぽう》な祀《まつ》り神《がみ》の話し相手は、娘である紗奈の仕事なのである。

「暑いなぁ……」

社務所の中に差し込む夏の日差しを浴び、紗奈は額の汗を拭《ぬぐ》った。

冷房をかけていても、窓際は直射日光で暑い。髪を結び、半袖のシャツを肩までまくし上げる。

「全くだ。人間は真面目だな、こんな暑いのに働くなんざ」

白銀が気だるげに相槌《あいづち》を打ってきた。

本堂からは、企業の祈願が終わったのか、役員らしき恰幅《かっぷく》のある中年から、新卒と思われる若い青年までスーツ姿の男性が十人近く出てきた。クールビズが進んだとはいえ、サラリーマンの彼らは長袖シャツに長ズボンでとても暑そうだ。一番若い青年が自分の半身ほどある大きな破魔矢を持ち、もう片方の手の中のタオルで首筋を拭いていた。

白銀はそんな彼らの様子を見て、口をへの字に曲げる。

神社の入り口にある大きな鳥居の上が彼のお気に入りの場所で、いつもそこが定位置となっているのだが、さすがに暑いからか今日は社務所の中でうちわを扇《あお》いでいる。やはり尻尾と耳が毛に覆《おお》われている分、人間より暑く感じるのだろうか、と紗奈が見つめる先、長い脚を投げ出し畳の上でひっくり返っている、どこまでもマイペースで自由な天狐《てんこ》である。

初夏の澄《す》んだ空と入道雲を見上げながら、紗奈は参考書のページをめくった。

早いところはもう夏休みに入っているのだろうか。通りには観光に来た学生や幼い子供連れの夫婦も見かける。

湘南新宿ラインができてから、新宿や池袋、ひいては埼玉・北関東からも簡単に電車で来られるようになり、より身近な観光地になったのかもしれない。

ぴんぽーん、ぴんぽーん。

チャイムの音が社務所に響く。

あやかしにしか読めない字で『御用の方はこちらを押してください』と書かれたお札を横に貼っているそのチャイムを押したのは、相談に来たあやかしに違いない。

紗奈が社務所の窓口を開け、顔を出す。蒸《む》れた外気が顔をくすぐる。

ひらり、と黒い羽根が目の前を舞ったかと思うと、そこには一羽のカラスがとまっていた。

「恥ずかしながら、どうか施しをいただきたく参りました」

そのカラスは丸い頭を深々と下げ、丁寧な口調で告げた。

鳥の姿だが、低い声でどこか気品を感じさせる雰囲気だ。

「おう、どうしたんだ弥助《やすけ》」

客人が気になったのか、立ち上がり見に来た白銀は、そのカラスを目にすると気軽に弥助と呼んだ。知り合いなのだろうか。

「白銀様、そこにおられましたか！　これはこれは、お恥ずかしいところをお見せいたします」

カラスは白銀がいると思っていなかったのか、驚いてくちばしから舌を出した。

そうして羽根を広げると、その左羽根が傷ついていることに気がついた。

紗奈がはっと息を呑む。

「ひどい傷……！」

漆黒《しっこく》の羽毛で覆《おお》われた翼だが、左羽根は半分ほどちぎれており、血が滲《にじ》んでいる。扇状に真っ直ぐ広げられた右の羽根と対照的に、左の羽根はひん曲がっていて、見るからに痛々しい。

「わたくしは八咫烏《やたがらす》の弥助と申します。怪我をしてしまいまして、どうかお助けくださいまし」

傷だらけの羽根を閉じ、再び深々とお辞儀をした弥助。

よく見るとその足は通常のカラスと違い、二本ではなく三本あり、彼が強い霊力を持つというあやかし、八咫烏《やたがらす》であるのがわかった。

＊　＊　＊

紗奈は両手で包み込むように、八咫烏《やたがらす》の弥助を社務所内の客間まで運んだ。

座布団の上にそっと置くと、深々とお辞儀をする弥助。

「お手をわずらわせました」

礼儀正しい八咫烏《やたがらす》である。

「ひどい有様だな、弥助」

腕を組んで眉根を寄せた白銀が声をかける。

「ええ、身体中が痛みます。貴方様に救いを乞うなど、お恥ずかしゅうございます」

力無く頷く弥助。

三年前の龍神との争いの一件以来、鉄鼠《てっそ》の梅子達のように白銀を恐れ嫌うあやかしは多かったが、弥助は逆に白銀を崇《あが》めているように見えた。

三本足の八咫烏《やたがらす》は、霊力も強く著名なあやかしだ。そんな彼から見たら、人型で多大な霊力を持つ祀《まつ》り神《がみ》は、敬《うやま》うべき存在なのかもしれない。

「お二人は知り合いなんですか」

弥助の向かいに座った紗奈が二人を見比べながら尋ねると、弥助はその丸く黒い瞳を紗奈に向けた。

「恐れ多いことに、わたくしと白銀様は古い仲でして。その心の広さと懐《ふところ》の深さにいつも感謝しております」

「よせよ」

白銀は肩をすくめるが、その口元は笑っており、褒められて機嫌が良さそうだ。

社交辞令なのか本音なのかはわからないものの、弥助の穏やかな言葉を聞き、普段の傍若無人《ぼうじゃくぶじん》な白銀を目の当《まあ》たりにしている紗奈は頭に疑問符を浮かべる。

「そういえばこの前弥助に教えてもらった栗羊羹《くりようかん》、うまかったぜ」

「それはようございました。甘すぎず、小豆《あずき》の味がしっかりしていたでしょう」

親しそうに会話をする白銀と弥助。大きな尻尾を左右に振っている姿は、上機嫌の時の白銀の癖である。

「他に新しい甘味はあるか？」

「そうですね……七里ヶ浜《しちりがはま》の方で、小麦を焼いた物の中に、牛乳と砂糖を混ぜたタレがたっぷり入った菓子が流行《はや》っているそうですよ。鞠《まり》なんとかといった名前だったかと」

「へえ、うまそうだな」

二人の会話を聞きながら、紗奈が頭の中で整理する。

小麦を焼いた……パン？　牛乳と砂糖を混ぜたタレ……生クリーム？　鞠《まり》みたいな名前。なんだろう、と思いを巡らせる。

「……マリトッツォのこと？」

「左様《さよう》。さすが人間のおなごは甘味にお詳しゅうございますな」

謎解きめいた遠回しな言い方をするものだ。

話を聞くと、弥助は翼を持っているため鎌倉中を簡単に行き来でき、新しく開いた店やスポットをすぐに白銀に教えに来るという。

そしてお互い気に入った食べ物を教え合うという二人は、何やら仲の良い『スイーツ友達』のようだ。

「よしお嬢ちゃん、七里ヶ浜に行くぞ」

「駄目です、弥助さんの相談を解決してからですよ」

だいぶ本題から逸れてしまった。

スイーツだのマリトッツォだの言っているが、目の前のひどい怪我をした八咫烏《やたがらす》を救うのが紗奈の仕事なのである。

「お話を聞かせてください、弥助さん。その怪我はどうしたんですか」

新作スイーツを食べに行きたいとごねる白銀を宥《なだ》め、傷だらけの八咫烏《やたがらす》に、紗奈が優しく声をかける。

悔しそうに体を縮めながら、弥助がぽつり、と語り出した。

「わたくしは野生のトンビに化《ば》けて、よく由比ヶ浜の空を飛んでおりまする」

鎌倉の海水浴場といえば、有名なのが由比ヶ浜だろう。

海開きをすれば、たちまちサーファー達が過ごす朝から、小さな子供達で賑わう昼、そしてカップルがロマンチックに過ごす夜まで人で溢れている。

海の家や出店が立ち並び、カラフルな水着を着た若者達は、きっと楽しい思い出を作って帰るだろう。

その由比ヶ浜には、トンビがよく飛んでいる。

茶色い毛に白い模様が混じった羽根、鋭いくちばしと爪を持つトンビは都市部ではあまりお目にかからないが、地元民には知られた存在である。

鉄鼠《てっそ》の梅子がリスに化《ば》けていたのと同じく、八咫烏《やたがらす》である弥助は元のあやかしの姿に近いトンビに化《ば》け、霊力を低燃費にしているのかもしれない。

「わたくしは海が好きでして。潮騒《しおさい》を聞きながら楽しげな人間達を眺め上空を飛んでおりました。……そしたら、急旋回し上昇してきたトンビに、思いっきり体をぶつけられたのです」

悲しげに語る弥助。

「そのトンビは、出店の近くの子供が手に持っていた食べ物をかっさらって、また飛び上がる時にわたくしにぶつかりました。おそらく奪った食べ物をくわえていたので目の前が見えなかったのでしょう。わたくしは正面衝突して砂浜に落下し、この有様でございます」

「相手は野生のトンビじゃないのか?」

「いえ、ぶつかった時にあやかしの言葉で、『痛い、気をつけろ!』と叫んでいたので、相手もトンビに化《ば》けた何者かに違いありませぬ」

白銀の言葉に、力無く弥助が首を横に振る。

由比ヶ浜だけでなく、江の島や大磯《おおいそ》の方でも、トンビの被害はよく問題視されていた。

非常に目と頭が良いトンビは、人間が持っている食べ物を上空から見つけ、翼を広げ、ものすごい勢いで弧を描き飛んでくることから恐怖されている。

現に鋭利な爪やくちばしで怪我をしたという事例も多く、街には『トンビに注意』や『食べ物に気をつけて！』といった看板が大きく掲《かか》げられている。

しかしそのトンビはまさか、あやかしが化《ば》けていたとは。

あやかし同士でぶつかった弥助もひどい怪我をしているし、人間の被害がますます増えるのも時間の問題だ。

「相手はそのまま飛んでいってしまったの？」

「はい。わたくしは無様にも砂浜に落ちてしまったのですが、相手は怪我なくそのまま飛んでいったのが、かろうじて見えました」

特徴的な三本足で立っているが、腕の代わりである翼は血が滲《にじ》んでいて可哀想だ。

今すぐ霊力を与えて、治してあげたいと紗奈は思った。

「これは、第三者行為にあたりますね」

紗奈が頭の中でたどり着いた結論を語る。

「ほう、第三者行為……とは？」

弥助と白銀が、聞き慣れない言葉にきょとんとする。

「相手がいる怪我のことです。この場合、ぶつかってきたトンビが加害者で、弥助さんは被害者になります。加害者の過失ですので、被害者の医療費や休業補償は健康保険ではなく、加害者が支払います」

自分一人で転んだり、車を運転していて電柱にぶつかったりしてしまった、という場合は自損事故になるので健康保険が使えるのだが、明らかに加害者が悪い場合の被害者への補償は、加害者が行うのである。

そのため、車を買う時には万が一加害者になってしまった時に備え、損害保険に加入しなければならない。

「あやかしの場合でしたら、御神木からではなく、その相手の霊力を直接弥助さんに渡し、怪我を治す必要があります」

人間の場合はお金を払うが、あやかしにとっては霊力がお金よりも大事な『生きる糧《かて》』なのだ。

弥助は話を興味深そうに聞いてはいたけれど、紗奈の言葉に表情を曇《くも》らせる。

「しかし、その相手は逃げてしまい、誰だかわかりませぬぞ」

「そこなんですよね……」

難しい話なので、うまくわかってもらえるよう、例え話を交えながら伝える。

「人間で考えると、当て逃げやひき逃げといった車の事故で、加害者が逃げてしまった場合に当てはまります。被害者は警察に被害届を出し、加害者を捕まえるようお願いをします。そして犯人が捕まるまでの間、怪我の治療費は一旦健康保険を使って払います。で、犯人が見つかった暁《あかつき》には、その加害者から賠償《ばいしょう》をしてもらい、先に医療費を払っていた健康保険に、被害者がもらっていた金額を返す、といった流れです」

少し複雑なお金の流れで、紗奈も最初は混乱したものだ。

怪我をさせた犯人が見つかるのを待って、加害者から被害者にお金を払ってもらうのがシンプルなのだが、いつ見つかるかわからない犯人を待っている間も負った傷は痛むし、体調は悪化する。

そのため、見つかるまで健康保険からお金を借り、犯人が見つかったら、犯人からお金を受け取り、健康保険へもらった分を返すのである。

「弥助さんの場合だと、御神木から霊力をもらい、まずは怪我を治して、その後にぶつかってきたトンビを見つけて霊力をもらい、御神木に霊力を返す感じですね」

加害者トンビと御神木の両方から二重に霊力をもらうことになってしまうので、そこはきちんと御神木に返していただく。

「弥助さんのお体が一番大事ですから、まずは手当てをして、治った後じっくり犯人を探しましょう」

「かたじけない……」

弱々しく返事をして、弥助はぺこりと頭を下げた。

＊　＊　＊

そして数時間後、とっぷりと日が暮れた後。

御神木の前に、紗奈と弥助が立つ。

夏の夜空は澄《す》んでいて、星々のきらめきが明るい。

「御神木よ、施しを与えたまえ」

紗奈が目をつぶり、手を合わせ祈る。

深く息を吸い、新緑の香りを感じながら、息を吐く。

代々、桜霞神社に生まれ落ちた血筋は、御神木と縁深い。この儀式は他の地で生まれ育った神主の家系の者では念じても叶わないらしい。

父の彰久と、紗奈にしかできない神聖な儀式なのである。

風が吹き、御神木の葉がざわめいた。

葉の数だけ光が灯り、幻想的に輝きだす。

枚数にして二十枚ほど、葉が舞い落ち、そこから蛍のような小さな光が弥助の翼へ飛んできた。

温かい光に包まれ、弥助はくすぐったそうに目を細める。

梅子の時はひとつの光だったのに、弥助は何倍もの光に囲まれて、翼を癒《いや》している。

それだけ彼の傷が深かったことを表している。

数分間そうしていたと思うと、ちかちか、と点滅し、光はゆっくりと闇夜に溶けた。

弥助の血に染まり、折れ曲がっていた翼は、黒々と丈夫な羽毛に包まれていた。

「良かった、無事に完治したわね」

「嬉しゅうございます、紗奈殿！　感謝してもしきれませぬ！」

弥助は大きな翼を広げ、一日ぶりに大空を飛び回った。境内《けいだい》の端から端まで、縦横無尽に羽ばたく様はとても嬉しそうだ。

ひとしきり飛行を楽しむと、八咫烏《やたがらす》特有の三本の足を曲げ、紗奈の前に降り立ちお辞儀をする。

「よし、次は弥助を怪我させて逃げた相手を探して、とっちめるって寸法だな？」

朱色《しゅいろ》の鳥居の上にあぐらをかき、儀式の一部始終を見ていた白銀は腕を組み頷く。どこか楽しみそうな様子で、未曾有《みぞう》の天災を起こした喧嘩っ早い性根がにじみ出ている。

「とっちめるって言い方が悪いですよ。探して、事情を聞いて、お詫びに霊力をもらうんです」

「甘い甘い。お嬢ちゃん、あんみつぐらい考えが甘いねぇ」

やれやれ、と白銀が肩をすくめる。

この人のことだから、ほっといたら強大な力で相手を抹消《まっしょう》しかねないのが怖い。

「早速、明日から相手を探しましょう。弥助さん、少しでもいいのでぶつかってきた相手の手がかりになることはある？」

しゃがんで弥助と目を合わせて紗奈が尋ねると、うーんと悩みながら首をひねる。

「そうですね、何せ一瞬の出来事だったので……。場所は由比ヶ浜の海水浴場の空で、トンビの姿をしたあやかし。くちばしに、人間から奪った茶色い食べ物をくわえていました」

「茶色い食べ物？」

「ええ、名前はわかりませんが、ぶつかった時それが当たってとても熱かったです」

初めての情報だ。熱くて茶色い食べ物をくわえていたなら、近くでそれが売っている場所だろうし、広い海水浴場の中でだいぶ絞れそうである。

後は小町通りのリスの時と同じく、地道にあやかしや近くの人に聞き込みをするしかないかもしれない。相談窓口とかっこいい名前をつけてはいるが、結局は泥臭い現地調査が主なのである。

しかし、あまりに弥助が嬉しそうに翼を広げお礼を言うものだから、自分のやっていることが人助けになれば、いや、あやかし助けになれば本望だと、紗奈は微笑んだ。

＊＊＊

次の日、第三者行為の現場である由比ヶ浜へと向かった。

由比ヶ浜までは、桜霞神社のある段葛《だんかずら》から真っ直ぐに十五分ほど歩いた場所にある。バスでも行けるが、散歩がてら歩いて行くことにする。

初夏の昼の日差しはジリジリと暑く、日焼け止めを塗ってきて良かった、と麦わら帽子をかぶった紗奈は安心した。半袖のワンピースに、サンダルを履《は》いている。

「海まで行くのは久しぶりだ、潮風が気持ち良いな」

隣を歩く白銀は、街仕様の黒髪短髪、耳と尻尾を隠した人間スタイルだ。

コバルトブルーのシャツに白いハーフパンツにビーチサンダル、さらにサングラスまでかけている。

若い男性の海沿い満喫《まんきつ》ルックといった感じである。

「白銀様って、人間に化《ば》ける時の服装はどう準備してるんですか」

紗奈が前から不思議に思っていたことを尋ねると、白銀はサングラスを少しずらして金色の瞳を覗かせた。

「御成町《おなりまち》に古着屋があるんだが、そこの主人が飼ってる猫はあやかしでな。主人が居ない時に邪魔すると、季節ごとに色々服をくれるんだよ」

小町通りとは駅を挟んで反対側の商店街、御成町にはさまざまな店があるが、まさかあやかしの店があるとは思っていなかった。紗奈も知らないほど、実は密かにあやかしがそこかしこにいるのかもしれない。

大きなハンバーガーの看板を掲《かか》げるハワイアンバーガー屋さんを通り過ぎる。オニオンとアボカドがたっぷり入った肉厚なハンバーガーのメニューを美味しそうだなぁと横目で見ていたら、正面に海が開けてきた。

水色の青空と、濃い青の海が、地平線の果てで交わっている。

日の光を受けてきらきらと輝く水面《みなも》は、宝石のようだ。

すでに砂浜は海水浴に来た客で賑わっていて、日除けのパラソルが立てられ、レジャーシートが敷かれている。

「いやー暑いけど気持ちいいですね！」

一面に広がる海を目の前にして、紗奈は開放的な気分になり伸びをする。

沖の方では上手なサーファーが波に乗り悠々《ゆうゆう》とサーフィンをしている。大きい波に合わせてくるりと一回転したのを見て、白銀が口笛を吹いた。

いつ来ても心が躍る。去年、外で勤めていた時は忙しくて夏休みなどなかったし、真っ黒に日焼けするほど泳いだのは小学生以来かもしれない。

水着でも持ってきてひと泳ぎしたいところだが、今日は遊びに来たのではないことを思い出す。

「じゃあ、弥助さんにぶつかったあやかしの手がかりを探しましょう」

一言に由比ヶ浜といえど、砂浜は広い。

相手のトンビは海水浴客が屋台で買った食べ物を奪い、飛んでいたところをぶつかったと言っていたから、屋台周辺を探してみるに越したことはない。

浮き輪を持って走る子供とすれ違い、海の家の横を通って屋台が集まっている場所に向かう。

「お、あそこに屋台があるじゃないか」

白銀が指を差した方に、派手な赤い文字で大きく商品名が書かれた屋台があったが、そこで売っているのは『かき氷』と『ラムネ』であった。

うだるような暑さなので、冷たいそれらを買いたい気持ちはあるけれど、ここではないなと通り過ぎる。

辺りを見回して、少し先に何軒か横並びに続いている屋台があった。

「あ、あそこかも！」

紗奈が小走りに駆け寄るも、砂浜に足を取られてもつれてしまう。麦わら帽子を潮風で飛ばされないように押さえながら、屋台の前に着くが、看板を見て、思わず声が漏《も》れてしまった。

「え、嘘でしょ……」

弥助からのヒントは、『熱くて茶色い食べ物をくわえていた』だった。

出店は左から順に、フランクフルト、アメリカンドッグ、チュロス、チーズハットグが売られていたのだ。

「全部、熱くて茶色い……」

紗奈は呆然と出店の文字を見つめ、口をあんぐり開ける。

盲点だった。確かに出店で売っているのは、熱くて茶色い食べ物が多い。

行けばすぐにわかると思った自分の考えが甘かった。紗奈は衝撃で肩を落とす。

隣を歩いていた白銀は、ショックを受けている紗奈がよっぽどおかしかったのか、腹を抱えてゲラゲラ笑っている。

「そんなに落ち込むなよ、お嬢ちゃん」

「いえ、驚いて……」

これでは聞き込みに時間がかかるかもしれない。

そんな紗奈の気持ちなど知らず、白銀はいつもの飄々《ひょうひょう》とした調子で提案した。

「片っ端から全部買って、店員に逐一《ちくいち》尋ねればいいじゃないか」

え、と顔を上げた時には、白銀はフランクフルトの屋台に並んでいた。

前に並んでいる若い水着の女の子二人が、白銀を振り返って顔を赤らめている。慌てて紗奈が横に並ぶと、なんだ女連れか、という目でがっかりされた。

「いらっしゃい、お兄さん」

「それひとつ」

白銀が指を差す。鉄板で焼いているフランクフルトは音を立てていて、実に美味しそうだ。

バンダナを頭に巻いている体格の良い店主は、はいよ、と返事をして焦《こ》げ目のついたフランクフルトを手渡してきた。

「あの、昨日この辺で、子供の食べ物を取ったトンビが、近くを飛んでたもう一羽のトンビにぶつかったりしてませんでしたか？」

小銭を店主に渡しながら紗奈が早口で尋ねる。行列のできている屋台で、忙しく働いている店主に声をかけるのは、このタイミングしかないのである。

「いや、知らねぇな。トンビはしょっちゅう悪さするが、昨日は見える範囲でそんなことはなかったと思うぞ」

首にかけたタオルで汗を拭《ぬぐ》いつつ、店主は親切に教えてくれた。お礼を言って、店を後にする。

フランクフルトを手に持った白銀は香りを嗅《か》いで食べたそうにしている。

「よし、次の屋台に行くぞ」

そうしてすぐに隣の行列に並ぶ。

同じような手順で、白銀が注文し受け取り、紗奈が質問をする、を繰り返す。

「いや、知らないですね」

アメリカンドッグ屋の細身の若い男性が答える。

「見てないなぁ。トンビは危ないから気をつけてね」

チュロス屋の小麦色の肌をした健康的な女性は、首を傾げた。

「そんなこと起きてなかったと思うぞ。にしてもお兄ちゃん、よく食うねぇ！」

チーズハットグ屋の中男の男性は、両手にすでに食べ物を三つ持つ白銀を見て、食べ盛りだねぇと豪快に笑った。

食事はたくさん手に入ったが、情報の収穫はゼロであった。

弥助にもっと詳しく聞けば良かった。熱くて茶色い食べ物だけでは手がかりになりそうにない。

一緒に来てもらおうか悩んだが、霊力を供給したとはいえ大怪我をしていた弥助を、炎天下の中連れ出すのは気が引けたので、社務所で休んでもらっている。

こうなったら一度帰って、もう少し詳しい話を聞くか、彼の体調が良くなってから一緒に来てもらって、もう一度調査しようか。

しかし日が経つと証拠がなくなってしまうかもしれない。紗奈は凶悪犯を追う警察官のように頭を悩ませた。

暑いので日陰のベンチに座ると、隣に座った白銀は紗奈に両手に持った食べ物を差し出してきた。

「まあそう焦るな、どれか好きなもん食いな」

フランクフルトにアメリカンドッグ、チュロスにチーズハットグ。どれも美味しそうだし、いつの間にかお昼時になっており、お腹が減っていることに気がついた。

両手に四つも食べ物を持っている白銀は、確かに食べ盛りの少年のようである。

少し悩み、アメリカンドッグを指差す。白銀から受け取って口に運ぶと、外はカリカリ、中はふわっとした食感が広がる。途中からソーセージが出てきて、噛むと肉汁が溢れた。

幼い頃、夏祭りで父に買ってもらった味だ。ジャンキーだが、何故だか癖になる懐かしい味。

「うお、なんだこれ伸びるぞ！」

白銀はチーズハットグを食べていたが、中に入っているチーズが長く伸び驚いている。韓国のおやつとしてメジャーなチーズハットグは、最近若い女性の間で流行《はや》っているけれど、あやかしには知られていなかったようだ。表面にかかったケチャップとマスタードをこぼさないように、チーズを口の中に入れている。

その慌てた様子がなんだかおかしくて紗奈が噴き出すと、悔しそうに白銀はチーズハットグを呑み込んだ。

「ん、これ砂糖がまぶしてあって甘いぞ」

長いチュロスを半分に折り口に含んだ白銀は、しょっぱいおかずだと思っていたのか、食べてみたら甘いスイーツだったことに驚き、興味深そうに眺めている。

ほら、ともう半分を紙に包んで紗奈に渡してきた。チュロスはサクサクした食感が美味しい。テーマパークでは絶対頼んでしまう。

「白銀様って、ほんといつも食欲旺盛《おうせい》ですよね」

お腹が満たされてきたので、チュロスを齧《かじ》りながら白銀を見る。

街に出るたび、美味しい物を探しては食べている彼は、グルメで大食漢である。

「腹がいっぱいになると、霊力がみなぎる気がするんだよな。人間の作る飯はうまい物が多い」

白銀は最後のフランクフルトを食べつつ答えた。

人間が、栄養のある美味しいご飯をお腹いっぱい食べると元気になり、気力が湧き上がるのと一緒で、あやかしもご飯を食べると霊力が増えるのだろうか？

ならば確かに、美味しいご飯をたくさん食べた方がいいのかなぁ、と紗奈はチュロスの端を呑み込んだ。

「だから、うまいもんがあったら俺に教えてくれよ？」

白銀の言葉に、紗奈は最近食べた美味しい食べ物って何かあったっけ、と思いを巡らせる。

「あ、この前食べた横浜駅の近くのパンケーキがふわっふわで美味しかったですよ！　今度行きますか？」

休日に、雑誌やテレビにも取り上げられている人気のパンケーキ屋に友人と行った。行列ができていて待たされたし、店に入り席についてからも焼き上がるまでだいぶかかったが、口の中でとろけるパンケーキは絶品であった。

ほっぺが落ちそうだったなぁ、と思い出す紗奈の顔を見ながら、悔しそうに白銀は手に持ったフランクフルトを齧《かじ》る。

「横浜ね……。俺は鎌倉から出られないから、行けないな」

「え、そうなんですか？」

電車で行けば三十分とかからない。しかもあやかしの白銀ならば、鳥居に飛び乗るその脚力を使い、ひとっ跳びで行けるのかと思ったが。

「俺は桜霞神社の祀《まつ》り神《がみ》で、鎌倉の氏神《うじがみ》だ。氏神《うじがみ》とは、その土地と、その土地に生きる者を守る神だ。人を、あやかしを、自然を、土地全てを俺が掌握《しょうあく》している。そう簡単に離れるわけにはいかないんだ。留守を狙われて、他のあやかしが攻めてくるかもしれないしな」

目の前に広がる広い海を見つめ、潮騒《しおさい》を聞きながら、白銀は真剣に答える。その様子からは、故郷の平和を思い長年過ごしてきた、彼の覚悟を感じる。

「今更ですけど、白銀様ってすごいあやかしなんですね」

いつも鳥居の上であくびして寝ているだけかと思ったけど、そんな役目があったんだと紗奈が感心していると、白銀は眉間に皺《しわ》を寄せこちらを向いた。

「おーそうだ、俺にそんな軽口叩けるのは、お嬢ちゃんぐらいかな」

「いたひ、いたひです、すみまへん」

悔し紛れに白銀に頬をつねられて、紗奈は慌てて平謝りする。

黒髪で狐耳と尻尾を消している白銀は、どう見ても人間の青年にしか見えないが、鎌倉にとって、代わりのいない大切な存在なのだということが改めてわかった。

「で、どうするよお嬢ちゃん。手がかりはゼロか？」

サングラスを押し上げて、白銀が向き直る。

一体どういう原理で、銀色の長い髪を黒髪短髪に変化させているのだろうと、潮風に揺れる彼の髪を見て思う。霊力の不思議である。

「そうですねぇ。ぶつかったトンビが、まだこの辺にいるかどうかもわかりませんし」

今日は砂浜の上空には一羽も飛んでおらず、遥《はる》か視線の先、沖の方に何羽か飛んでいるのが見えた。しかしそこまで行くことは船でも出さない限りできないし、手詰まりである。

「お、あっちにも屋台が一軒あるぞ。見てみよう」

白銀は立ち上がり、そばにあったゴミ箱に串を捨てるとさっさと歩き出してしまった。

夏の日差しを照り返す砂浜は、サンダルで歩いても足の裏が焼けるように熱い。

海の家や、浮き輪や水着を売っている海水浴ショップで賑わう中心部から、だいぶ離れた端っこに、ぽつんと屋台がひとつ開いていた。

確認すると、大きな保冷ケースに水と氷が入れてあり、スポーツドリンクや炭酸ジュースのペットボトルが冷やされている。

飲み物を売っているだけなら関係ないか、とがっかりした時、白銀が店の隅に小さく書かれている文字を指差した。

そこには、『肉巻きもちもち棒あります』とマジックペンで書かれている。

「肉巻きもちもち棒……？」

初めて聞いた単語なので想像ができない。

「いらっしゃい、おいしいよ」

屋台の中にいた中年の女性は、笑顔で売り物を見せてきた。

竹串に刺さった焼きたてのそれは、まさに『熱くて茶色い』ように見える。

「すみません、それどんな食べ物ですか？」

「餅米を丸めて、薄切りの豚肉を巻いて、甘しょっぱいタレをかけて焼いたのよ。珍しいかしらね」

聞くだけで美味しそうである。辺りには肉の焼けた香ばしい香りが漂《ただよ》っていた。

もう他に屋台はなさそうだし、最後のチャンスである。

「肉巻きもちもち棒、ひとつくれ」

語感の良い名前は口に出したくなる。白銀はまだ食べる気満々なのか、指を立てて注文をした。

返事をした店員に、紗奈は慌てて五回目の質問をする。

「昨日、この辺りで子供の食べ物を奪ったトンビがいませんでした？」

と聞くと、念願の言葉が返ってきた。

「ああ、いたねえ。小さい男の子がわんわん泣いちゃって。その後ぶつかったトンビが空から落ちてきたからびっくりしたよ」

うちわを扇《あお》ぎ、中年の女性は昨日の出来事を思い出しながら言った。

ビンゴ！　紗奈と白銀は目を見合わせる。

「あの怪我したトンビ大丈夫だったかねぇ。心配して近くまで見に行ったんだけど、ふらふらと駅の方向に飛んで行ったんだよ」

怪我をした弥助はほうほうの体《てい》で、助けを求め桜霞神社へ向かっただろうから、店員は目撃者で間違いなさそうだ。

「その、子供から食べ物を取って、他のトンビを怪我させたトンビは、どっちの方から飛んできましたか？」

紗奈の必死な形相に少し面食らいつつも、顎《あご》に手を置き思い出そうとしてくれる。

「そうねぇ……最初はピューピュー鳴き声が聞こえたのよ。そしたら材木座《ざいもくざ》の方向から飛んできて、すごい勢いで肉巻きもちもち棒を子供の手から奪って飛んでいったねぇ」

材木座とは、材木座海岸と呼ばれる、鎌倉のもうひとつの海水浴場である。海岸のほぼ中央に河口を持つ滑川《なめりがわ》を境《さかい》にして、東側が材木座海岸、西側が由比ヶ浜と呼ばれている。

つまり、川を挟んで隣の場所である。

盲点だった。由比ヶ浜で怪我をしたのだから、相手も由比ヶ浜を起点としているのだとばかり思っていた。

人間の都合で地名に呼び名をつけているだけで、海も空も広く、つながっているのである。青空を大きな翼で飛ぶ彼らからすれば、そんな区切りなど関係ないのだろう。

良い情報が聞けた。お礼を言って、早速材木座へと向かおうと砂浜を上がった。

＊　＊　＊

海水浴場として開放し、若者や家族連れで賑わう由比ヶ浜とは打って変わって、その隣にある材木座海岸はローカルで穏やかな空気だった。

海沿いにはウッド調のおしゃれなカフェのテラスで読書をしている人がいたり、毛並みの綺麗なゴールデンレトリバーを散歩している人がいたりと、ぽつぽつとしか人がいない。

まさに、知る人ぞ知る場所なのだろう。

海水浴の客の声が聞こえない分、波の音が大きく響いている気がする。

のんびりとした雰囲気で、紗奈は一人で考え事をする時は材木座に行くことが多かった。

赤いカヤックが海を横切り、漕《こ》いだパドルで水が跳ねる音がした。

店主の言っていることが正しければ、加害者かつ当て逃げの犯人であるトンビは、ここらから飛んできたようなのだが。

「沖の方に数羽トンビがいるが、野生のかもしれないしな」

白銀の頬に汗が流れる。拭《ぬぐ》いながら、どうするか思案している。

「相手は食べ物を狙っていたのですよね。じゃあ、こちらから差し出してみるのはどうでしょうか」

肉巻きもちもち棒を見つめ紗奈が告げると、白銀はサングラスをかけた顔を紗奈へ向けて眉を上げた。

「白銀様、その肉巻きもちもち棒、私にくださいますか？　空から見えやすいように、私が食べてみます」

他人が美味しそうに食べていると、自分も一口食べたくなるものだ。

猛禽類《もうきんるい》で、視力が七・〇もあると言われているトンビは、今も隠れてどこかで見ているのかもしれない。

わざと見せつけるみたいに食べることで、紗奈を狙うように仕向けるのである。

「囮《おとり》になろうってのか？　お嬢ちゃん」

「だ、だってそれしかもう方法が無いじゃないですか」

紗奈がしどろもどろで答えると、白銀は肩をすくめて、かけていたサングラスを胸ポケットにしまった。

「わかったよ、じゃあそれらしいトンビがいたら、俺が捕まえよう」

白銀はそう言うと、右手に持った肉巻きもちもち棒を紗奈に手渡した。

受け取った紗奈は頷き、ゆっくりと一口食べた。

餅米を丸め、肉を巻いたと言っていた通り、中はもちもち、外はジューシーだ。

頬を丸く膨らませながら、もぐもぐと味わう。

「あーこれはおいしい！　温かくてもちもちだなぁ！」

芝居がかった大声で紗奈が言い、再び串を体の前に突き出す。

その間も、白銀は相手に警戒されないよう、海の上空やカフェの屋根の上、消波ブロックの辺りを目だけで確認していた。

紗奈がもう一口食べようと口を開けた瞬間、

ぴゅーーるるるるるる。


天高く、まるでホイッスルのような音が響いた。

それはトンビの鳴き声である。縄張り争いや求愛行動の時に鳴くと言われているが、捕食時にも鳴くのであろうか。

遠くから鳴っていたそれは、徐々に近くに聞こえ、二人の後背部から迫ってきた。

「またあのうまいのを食ってる人間がいる。昼メシには丁度いいな」

鳴き声とともに、低い声が聞こえた。

あやかしだ。

また、と言っていることから、昨日弥助とぶつかったあやかしに違いない。

「来た……！」

相手は餌を狙っているのであろう。紗奈は振り返らず、隣に視線を送る。

白銀は、声を出さずに唇だけ動かした。

任せろ、と。

瞬間、突風が吹いた。

それはトンビが急降下する時に、一際大きく翼を動かした時の風だ。

バサバサッと耳元で羽ばたく音が聞こえて、紗奈はたまらず反射的にしゃがみ込んだ。

すると目の端に、茶色の翼を広げ、鋭いくちばしを尖らせたトンビが、今まさに捕食をしようと旋回する姿が飛びこんできた。

すごい勢いでくちばしや爪が刺さったら、人間でも軽い怪我ではすまない。

ぶつかる、怖い！

紗奈が、迫り来るトンビが怖くて歯を食いしばった瞬間、チッ、と白銀の舌打ちが聞こえた。

それは一瞬だった。

白銀が長い腕を伸ばし、紗奈の体を抱き留める。

そのおかげで、トンビの旋回の軌道から外れ、鋭いくちばしは肉巻きもちもち棒をかすめることもなかった。

「大丈夫か」

「は、はい……」

弱々しい返事を聞き、腕の中の紗奈の無事を確認すると、白銀はすぐに辺りを見回し、行き違ったトンビを探す。

「危ないじゃないか、奴にはお仕置きが必要だな」

口の端を上げ、白銀が好敵手を見つけたと言わんばかりに舌なめずりする。

「邪魔が入った、次こそは…！」

トンビの声が聞こえた。大きな翼を羽ばたかせ、空を一回転して再び紗奈を目掛けて飛んできた。

観光客から毎日のように食べ物を奪っているから、その飛行に自信があるのだろう。

白銀は金色の目を見開き、軌道を見極める。

眼前に迫るトンビに勢いよく左腕を伸ばし、その首元を掴んだ。

「な！」

何が起こったのか理解できなかったのか、トンビのあやかしは声を上げると、自分の首を掴んでいる黒髪の青年を見上げた。

白銀は紗奈が持っていた肉巻きもちもち棒を、相手に見せつけるかのように一口で食べる。

「つかまえた」

犬歯を覗かせてニヤリと笑った。

「金色の瞳……まさか白銀様……!?」

白銀のトレードマークである金の瞳は、人間に化《ば》けても変わらない。見つめられ、片手で掴まれたトンビは震えていた。

炎天下の真昼間の海辺に白銀がいるなんて、思ってもみなかったのだろう。

「よくわかったな。で、お前は一体何者だ？」

トンビは白銀の眼力に抵抗するように目を瞑《つぶ》った。

「嫌だね、教えない」

子供みたいに嫌がる様子に、白銀は眉を寄せる。

「ほう、じゃあ除霊の術をかけてやる」

そう聞くと、トンビは急に慌てだした。

初めて聞く術だった。白銀のように霊力が強いあやかしなら、相手の変化を強制的に解くこともできるのかもしれない。

「や、やめてくれ……あれは痛いから、解く、変化を解くよ……！」

トンビはそう言うと、白い煙に包まれた。

もくもくと立ち上《のぼ》った煙がゆっくりと消え、白銀の手の中に収まって正体を現したのは、小さな小さな鳥だった。

「す、スズメ？」

それは、木の細い枝にとまっているような、可愛らしく馴染《なじ》み深いスズメだったのだ。

ちゅん、とか細い声で鳴く。

「なんだお前、夜雀《よすずめ》か。ずいぶん見栄張って大きく変化してたな」

「う、うるさい！」

トンビの正体は、夜雀《よすずめ》というあやかしだったようだ。

茶色い頭に黒いくちばし、白いお腹をしており、見た目は街中で見かける普通のスズメと見分けがつかない。

どんな凶悪なあやかしかと思って身構えていたから、少々肩透かしである。

「夜雀《よすずめ》さん。何に化《ば》けようがあなたの好きにしていいんだけど、人間から食べ物を奪った上、他のトンビにぶつかって逃げるのは良くないわ。彼は八咫烏《やたがらす》で、ひどい怪我だったの」

紗奈が白銀の手に収まっている夜雀《よすずめ》に説教をする。

「仕方ないだろ、オイラの食事の邪魔をした方がいけないんだ。八咫烏《やたがらす》だろうがなんだろうが、知らないね」

反省する気は全くなさそうだ。

困ったな、と紗奈が腕を組んでいると、白銀が夜雀《よすずめ》に顔を近づけて意地悪な表情をした。

「そうか、じゃあ俺の食事の邪魔をしたお前は、どうしようかな？」

「ひぃ……！　お、オイラに雷を落とすのはやめてくれ……！」

夜雀《よすずめ》は焦って、首を左右に振っている。

白銀様だなんて知らなかったんだ、と弱々しく訴えた。

「まあ、俺は弱肉強食には賛成だけどね。強い奴が生き、弱い奴は淘汰《とうた》される。野生動物と同じで、あやかしも昔はそうだった」

千年を生きているという天狐《てんこ》は、まだあやかしと人間が共存していた、遥《はる》か昔を思い出して告げる。

何百年も前は、あやかし同士争い、負けた者が消滅しようが、自然の摂理として誰も悲しみはしなかったのだろうか。

残酷だが、実力の世界だ。

冷たい表情をしていた白銀は、不意に口元を緩める。

「だけど、人間様がなんだか最近面倒な制度を作ったみたいだから、それに従ってくれよな」

それだけ言って、夜雀《よすずめ》を掴んでいた左手をそっと開いた。

砂浜の上に小さな体が着地する。

面倒な制度ができた原因を作った張本人は、珍しく優しかった。

「夜雀《よすずめ》さん。怪我した八咫烏《やたがらす》さんに謝って、怪我させた分の霊力を返しましょう?」

紗奈がしゃがみ込み促すと、夜雀《よすずめ》は弱々しく、チチチ、と鳴いた。

「白銀様も、助けてくださってありがとうございました」

彼がいなければ、弥助のように紗奈も怪我をしていたに違いない。

「大胆な作戦だった、俺には思いつかなかったね」

感謝の言葉には取り合わず、白々しく肩をすくめる白銀に、もう、と紗奈は頬を膨らませた。

＊＊＊

「おやまぁ……夜雀《よすずめ》殿でしたか」

社務所に戻り、養生していた八咫烏《やたがらす》の弥助に事情を説明した。まさか自分より小柄な夜雀《よすずめ》が犯人だとは思わなかったようだ。

「わたくしはさぞかし霊力の強大な、朱雀《すざく》殿や鳳凰《ほうおう》殿かと思って恐れおののいておりました」

「わ、悪かったな！」

朱雀《すざく》や鳳凰《ほうおう》という、伝説級のあやかしを敵に回してしまったと思っていたのだろう。弥助は少し安心したように胸を撫で下ろした。

それが気に食わないのか、夜雀《よすずめ》は畳の上で小さな羽をばたつかせている。

「わたくしは八咫烏《やたがらす》の弥助と申します。あなたのお名前は？」

「お、オイラは栗太《くりた》だ」

毛並みの色が栗色なところから名づけられたのだろうか。栗太と名乗った夜雀《よすずめ》は、反省している様子が全くない。

「栗太殿。わたくしがもっと若ければ、あなたのことを避けることもできたでしょうに。この度はご迷惑をおかけいたしました」

弥助は黒々とした羽根を広げ、丁寧にお辞儀をした。

子供から食べ物を奪って、弥助にぶつかって怪我をさせ、あげく逃げた栗太に対し、弥助は責めることなくむしろ自分が悪かったと謝罪したのだった。

紗奈は弥助の懐《ふところ》の深さに感心した。

「べ、別にいいけどさ……」

その様子に、傍若無人《ぼうじゃくぶじん》で自己中な栗太もさすがに面食らったのか、しどろもどろに返事をしている。

「なんだ生意気な奴だな。弥助、腹立つからこいつ焼き鳥にしちまおうぜ」

横で聞いていた白銀は痺《しび》れを切らせて言い放つ。社務所の中なので本来の天狐《てんこ》の姿に戻っており、いらついているのか尻尾がピンと立っている。

その言葉に、栗太は驚いてじたばた羽をはばたかせた。

「ふふ、白銀様、いけませんよ」

そんな白銀を優しくいさめて笑う弥助は、本当にできた大人である。

「栗太さん。なんで人間の食べ物を取るような真似をするの？　弥助さんだけじゃなく、人間にも被害が出ているのよ」

紗奈が注意をするように小さな夜雀《よすずめ》に尋ねる。

綺麗な青い海に白い砂浜。

けれどその由比ヶ浜の景観を損ねる、『トンビ注意！』という大きな注意看板がいくつも海辺に置かれていた。注意喚起をしなければいけないほど、被害は多いのだろう。

栗太は胸を反らせて紗奈を見上げる。

「しょうがないだろ。昔は自然がいっぱいあって、木の実や果物を食べることができたけど、今はだいぶ減って食糧がないんだよ。自然を奪った人間達が、うまそうに食事しているのが許せなかったんだ」

ムッとして言い放つ栗太。

紗奈ははっとした。

あやかしは人間よりもはるかに寿命が長い。この小さな夜雀《よすずめ》も、何十年、もしかしたら何百年も生きているのかもしれない。

昔はもっと自然が多く、彼らの食糧が豊富だったと言われれば、何も言い返せない。

「確かに自然は減りましたが、飢《う》えるほど少なくはありませんよ。わたくしは未だに木の実を主食としておりますし、鎌倉山や二階堂《にかいどう》の方はまだまだ自然も多いです」

黙ってしまった紗奈を不憫《ふびん》に思ったのか、弥助が優しく助け舟を出してきた。

「ただ人間の作った屋台の食事の方がうまいってだけだろ?」

呆れた白銀の言葉に、栗太は毛を逆立たせた。

「う、うるさい!」

おそらくは図星だったのだろう。

栗太は、木の実はカサカサして美味しくないだの、あんなにいい匂いを辺りに漂《ただよ》わせている屋台が悪いだの、人間ばっかり美味しいご飯を食べてずるいだの、文字通りピーチクパーチク言っている。

「とりあえず、今回怪我させた分の霊力を、弥助さんに渡してね」

加害者が見つかったら、被害者に速やかに賠償《ばいしょう》するのが人間世界での規則であり、法律で定められた義務である。

あやかし世界でも、弱肉強食ではなく、平等に保障を受けられる救済処置を数年前に作ったのだから、従ってもらわねばいけない。

「……わかったよ」

白銀、紗奈、弥助に囲まれ、さすがに観念したのか、栗太は目を瞑《つぶ》る。

するとその体から、蛍のような光が舞い始める。数にすると二十個ほど。くるくると周り、弥助の黒い体を取り巻いたかと思うと、ゆっくりと点滅し、徐々に消えていった。

夜雀《よすずめ》の栗太から、八咫烏《やたがらす》の弥助へ、霊力の光が渡ったことがわかる。

「ふふ、すこぶる体調が良うございます」

艶《つや》やかな羽を広げ、一層元気そうに弥助は羽ばたいた。黒目が爛々《らんらん》と輝いている。

「このままもらってしまいたいぐらいですが、この分の霊力は先にいただいていた御神木様にお返しせねばなりますまい」

紗奈が説明したことをきっちり覚えていたようだ。加害者である犯人が見つかるまで一時的に借りていた霊力を御神木に返して、やっと一件落着なのである。

人間の事例の場合は、健康保険から前借りをしたのに、加害者が見つかり賠償《ばいしょう》してもらった後も、ただ忘れていたのか、故意にかはわからないが、健康保険に返さない人もいるので、事前に返金の誓約書を書かせるほどだ。

いつの間にか日はとっぷりと暮れ、社務所の外は薄闇が広がっていた。

弥助は翼を広げ、窓から飛び立ち、境内《けいだい》の下の御神木の前へと降り立った。

「御神木様、先日の施し、痛み入ります」

丁寧に頭を下げる。

夏のイチョウの木は、青々とした葉でたくましく天へ向かって伸びている。

弥助の体から、小さな光が再び舞い、闇夜に浮かんだ。

昨日、御神木から分け与えられたのときっちり同じ量が、風に乗って太い幹《みき》へと向かっていく。

鎌倉中のあやかしから毎月大切な霊力を納めてもらっている、偉大なる御神木。

大木の放つ光からしたら、一人のあやかしを癒《いや》す霊力など、ちっぽけなものなのだ。

ざわめき、光っていた御神木もライトを消すかのように、ゆっくりと暗くなっていった。

弥助は御神木を見上げ礼をすると、再び社務所へと戻ってきた。

紗奈と白銀、栗太に向かっても頭を下げる。

すっかり怪我は治り、加害者も見つかり、一件落着である。

紗奈がほっと胸を撫でおろしたのも束の間、畳の上にちんまりと立っていた夜雀《よすずめ》の栗太が、チチチ、と弱々しく鳴いた。

「どうしたの栗太さん」

「うう、腹減った……」

心配して尋ねると、栗太は足を曲げ畳の上にうずくまった。

「何か食べさせてくれよぉ……今度は俺が死んじゃうよぉ……」

と弱音を吐いている。

昼頃、由比ヶ浜にて、両手いっぱい屋台のご飯を食べていた白銀が、腹一杯になると霊力がみなぎる気がする、と言ったのを思い出した。

もしそれが本当なのならば、小さな夜雀《よすずめ》が、自業自得とはいえ結構な量の霊力を被害者の弥助に渡したのだから、空腹で倒れそうなのも頷ける。

「大丈夫でございますか？」

心配そうに弥助が栗太のそばに寄り添ったが、力無く首を横に振るだけだ。

「紗奈殿、栗太殿が食べれるものが何か、ありませぬか」

社務所をぐるりと見回すが、煎餅《せんべい》などの茶菓子の類《たぐい》は丁度切らしてしまっているし、食べ物は置かれていない。

ここから少し歩いた離れに台所があり、神社に勤めている者達のために流し台やコンロ、冷蔵庫などが完備されている。それと休憩所としても使われている詰所に、何かあるかもしれない。

「え、ええと、おにぎりぐらいならすぐ作れるから、待ってて」

昼間に行った時、炊飯器にご飯が炊けていたはずだ。

紗奈は急いで離れの台所に向かい、炊飯器を開けた。中にはまだ白米が残っており、それをしゃもじでよそり、ラップに載せる。

そして様々な種類のふりかけが置いてある棚に向かい、少し悩んだが、塩昆布を手に取った。

体調が悪い時に食べると、適度な塩気で元気が出ると思ったからだ。

ふたつほど三角に握り、皿に載せて、急いで社務所へと戻った。

「持ってきたよ、ふたつあるのでよかったら弥助さんもどうぞ」

机にそっと皿を置くと、弥助と栗太が寄ってきた。栗太は力が出ないと言わんばかりにうなだれている。

「俺の分は?」

「白銀様は海でたくさん食べたでしょ」

紗奈が答えると、白銀は口をへの字に曲げて拗《す》ねた。

塩昆布のおにぎりを、震える小さなくちばしで栗太がつつく。人間の手で握ったおにぎりは、彼の体よりも大きい。

「うまい……あたたかい……」

まだ湯気《ゆげ》のたつ、ほかほかのご飯で握ったおにぎりがお気に召したようだ。栗太は何度もくちばしでつつく。大きすぎるかと思ったが、みるみるうちにおにぎりは減っていく。

「塩気が丁度良うございますね」

弥助も塩昆布が気に入ったのか、食べ続ける。

社務所の中、机に乗ったカラスとスズメが、一生懸命おにぎりを食べている様はなかなか珍しい。紗奈はそんなに喜んでもらえるなら作った甲斐《かい》があると嬉しくなった。

しばらくそうしてあやかし二人を見守っていたら、食べ切った栗太はすっかり元気になったようで、飛び上がり紗奈の肩に乗ってきた。

「うまかった、ありがとう」

さっきまで文句を言っていた夜雀《よすずめ》はどこへやら。素直に礼を言うと、チチチと鳴いた。

「元気になって良かった」

紗奈が笑顔で答えて、栗色の頭を指の腹で撫でる。インコなどのペットをあやすように優しく撫でると、夜雀《よすずめ》の栗太は照れ臭そうにしている。

「このおにぎり毎日作ってくれるなら、もうトンビに化《ば》けて海で人間の食べ物取ったりしないよ」

胸を張って栗太が言ってきた。

「え、毎日おにぎりを？　私が？」

驚いて紗奈が聞き返すと、何度も頷く栗太。

また食べたい、うまかった、と喜んでいるのは良いが、急な注文にたじろぐ。

白銀と弥助は、栗太の提案に面白そうに笑った。

「いいじゃないか、お嬢ちゃんの作ったのがよっぽどうまかったんだろ」

「由比ヶ浜の治安も良くなりますね。わたくしもまた、いただきたいものです」

料理の腕を褒められたのは悪い気はしないけれど、ふりかけをかけて握るだけのおにぎりなど、誰が作っても同じじゃないか。

でも弥助もとても気に入ったようだし、確かにトンビの悪さが減るのは鎌倉に住む地元民なら喜ばしいことだ。

紗奈はどうしようか悩んで腕を組んだが、あまりにみんなが楽しそうに笑うから、それにつられて、笑みがこぼれてしまった。

「わかったよ、その代わり、もう二度と人間の食べ物取っちゃダメよ。危ないから」

「約束する！」

毎日の食事のあてができたのがよっぽど嬉しかったのか、栗太は鳴き声を上げ社務所中を飛び回った。

第三者行為の被害の相談を解決したのは良いが、その日以降、鳥型のあやかし用に毎日おにぎりを二個作って社務所の窓際に置いておくという、紗奈の業務が増えてしまったのであった。

第三章　御成通り、精神疾患の猫又

夏の暑さが通り過ぎ、日が落ちる時間が徐々に早くなってきた。

桜霞神社も紅葉《こうよう》が色づき、橙色《だいだいいろ》と朱色《しゅいろ》の葉が美しく境内《けいだい》の近くを彩《いろど》っている。

少しずつ涼しくなったとはいえ、まだまだ残暑を感じる時期。衣替えのタイミングに悩むなぁと思いながら、薄手のカーディガンを羽織った紗奈は社務所から秋空を眺めた。

あやかしの相談がない時は、通常の神社の業務の手伝いをするのが決まりだ。

ここ一週間はあやかしの世界が平和なのか、相談事がひとつもなかったので、紗奈は破魔矢作りをしていた。

紅白に色づけられた三十センチほどの木の棒に、羽を差し込み、赤い組紐を巻きちょうちょ結びをする。そこに、金と銀のふたつの鈴をつけ、桜霞神社と書かれた札にくくりつけると、よく初詣《はつもうで》で売られている、馴染《なじ》みの破魔矢の出来上がりだ。

破魔という漢字の通り、不幸や災いという「魔」を打ち破り、一年を幸せに過ごすことができるよう願いが込められている。

桜霞神社は鎌倉でも一番大きく有名な神社なため、大晦日《おおみそか》から三ケ日《さんがにち》にかけて初詣《はつもうで》の時期は何万人もの人が訪れる。そしてお守りとともに、参拝客が最も多く求めるのが破魔矢である。

神社によってそのデザインは様々で、その年の干支《えと》の人形や絵馬がつけられているところもあるが、桜霞神社は昔から鈴と札だけがつけられているシンプルなデザインで、老若男女《ろうにゃくなんにょ》に親しまれている。

羽を差し込み、組紐を結び、鈴と札をつける、という簡単な作業ながら慣れるまでは結構大変で、羽が曲がってしまったり組紐のちょうちょ結びが綺麗にできなかったりと苦労をした。

しかしもう数年もやっていると慣れてきて、数十秒ですぐに作れてしまう。

紗奈の左側には材料の入った木箱、右側には完成した破魔矢を入れる木箱を用意したのだが、材料が減りどんどん右側の完成品が増えていく。しばらくそうしていたら少し肩が凝《こ》ったので、手を止めて伸びをした。

「精が出るなお嬢ちゃん」

いつの間に後ろにいたのか、白銀が声をかけてきた。背が高いので引き戸の桟《さん》に手をつきながら覗き込んでくる。

「お月見が近いから、団子でも食べたいな」

いつもの如《ごと》く、食いしん坊な独り言を言っているので、紗奈は破魔矢の棒を掲げて訴える。

「白銀様、暇なら手伝ってくださいよ」

「俺が穏やかに過ごしていることが、鎌倉の平和の象徴だろ」

確かにそうなのだが、傍若無人《ぼうじゃくぶじん》すぎる発言をしている。

「まあいい、貸してみな」

どういう気まぐれか、今日は破魔矢作りを手伝ってくれるようだ。季節外れの雪が降るかも、などと紗奈は内心驚いた。

紗奈が簡単に作り方をレクチャーすると、白銀はうんうんと頷き聞き分けが良い。頷くのと同時に、毛に覆《おお》われた狐の耳がぴくぴくと小刻みに動くのが可愛いが、本人には言わないことにする。

「わざわざ手作りしてるんだな」

羽を棒に差し込みながら、白銀が興味深そうに呟く。

「そうですよ。完成品は本堂で祈祷《きとう》してから、参拝客にお渡しするんです」

工場などに発注するのではなく、桜霞神社の破魔矢は全て神主や巫女《みこ》の手作りだ。ひとつひとつ丁寧に、心を込めて作っている。

そして本堂で祈祷《きとう》をしてから、参拝客に渡すようにしている。一年間の家内安全、無病息災、幸運祈願のために、心を込めているのである。

説明した通り、白銀が丁寧に組み立てていく。

もちろん紗奈よりは時間はかかっているが、手直しすることなくすぐに一本作ってしまった。意外に手先は器用なようだ。

「あら、上手ですね」

両手を鳴らして拍手をすると、得意げに笑う白銀。

「ふふん、俺は髪も毎日自分で結ってるからな、このくらい朝飯前だ」

腰まで伸びる長い銀髪を赤い組紐で結んでいるからか、鈴を結ぶのも簡単だったらしい。

「貸してみろ、全部作ってやるよ」

気が大きくなったのか、白銀はすぐ次の製作に取り掛かった。褒めて伸びるタイプなのかしら、と意外に感じる。

それにしても、曲がりなりにも祀《まつ》り神《がみ》である白銀本人が作った破魔矢など、すごくご利益がありそうだ。自分の部屋にも飾りたい、と紗奈は思った。

「……ああどうしよう、なんかいちゃいちゃしてるぞ……。気まずい……帰って出直そうかな……」

破魔矢作りのレクチャーに勤《いそ》しんでいたら、どこからともなく消え入りそうな声が聞こえた。

辺りを見回すも声の主は聞こえない。作りかけの破魔矢を机に置き、紗奈は立ち上がった。

「やっぱりこなきゃ良かったかな……。でも毎月霊力納めているし、僕だって給付を受ける権利はあるはずだけど……」

若い青年のものらしき声は、話の内容から相談しにきたあやかしのようだ。

しばらく探して、紗奈は社務所の引き戸の近くに、白い毛玉があるのに気がついた。

目を凝《こ》らしてみると、それは毛玉ではなく、体を丸めた猫だった。

長い尻尾が丸いお尻から伸びている。

「あの、もしかして相談者さんですか？」

声をかけると、猫はゆっくりとこっちを向いた。

身体中傷だらけだった八咫烏《やたがらす》の弥助と違い、怪我はなさそうだが、耳は垂れ小刻みに震え、見るからに元気がなさそうだ。

「はい、最近眠れなくて……」

紗奈のことを物陰からちらり、と見ると、弱々しい声で答えた白猫はため息をついた。

＊＊＊

相談に来た猫だとわかり、社務所の客間の机へと促すが、警戒心が強いのかずっと辺りを気にしている。

恐る恐るといった様子で、客間に上がり座布団の上に乗った。

「初めまして、紗奈と申します。あなたのお名前は？」

「……猫又の雪斗《ゆきと》です」

目を合わせず、雪斗と名乗ったのは猫のあやかし、猫又だった。

真っ白な毛並みはふわふわで、名前はその毛からつけたのだろうか、雪のように綺麗だ。

しかし、その瞳は暗く、伏し目がちである。

紗奈はいつもの通り、茶菓子と飲み物を出した。けれど、真っ先にピーナッツを頬張った鉄鼠《てっそ》の梅子とは対照的に、雪斗は手をつけようとしない。

ぽつり、と悩みを話し出した。

「僕は御成通りに住んでいるのですが、最近仕事に行きたくなくて……」

「それはどうして？」

「猫又は夜行性なので、夜に御成通りの道に生《は》えた雑草とかを抜く仕事をしているんですが……」

やはり鎌倉に住むあやかし達は、鎌倉の美化に努める仕事に日々従事してくれているらしい。

食べ物屋やお土産屋《みやげ》の立ち並ぶ、活気のある小町通りとは駅を挟んで反対側の御成通りは、市役所や図書館などもあり、少し落ち着いた雰囲気がある。

「僕は今年の春から他の猫又達と一緒に仕事をすることになったのですが、うまくできないし、先輩にも迷惑をかけてばかりで……」

声からして若そうだなとは思っていたが、当たっていたらしい。

雪斗は若い男性で、最近猫又達の仕事のコミュニティに入ったようだ。紗奈は、新卒社員みたいだな、とあやかし達の生活が人間世界に似ていることを興味深く思った。

「僕、全然仕事できないし、教えてもらったことすぐ忘れちゃうし、自分で自分が嫌になるんです……」

「そ、そんなこと……」

雪斗の仕事っぷりを見たことはないが、彼の態度からきっと真面目に取り組んでいるだろうことがわかる。紗奈が声をかけようとするも、

「最近、仕事に行こうとすると吐き気と頭痛がするんです。熱があるわけでもないのに。土日は休みなんで大丈夫なんですが、月曜の明け方になると、ああ、また今週も仕事が始まるんだ……って思って、寝れなくて」

今にも泣きそうな瞳で、雪斗は語る。

日曜日の夜に、明日からまた一週間が始まり、学校や会社に行かねばならないと憂《ゆう》鬱《うつ》になるのは、人間もよくあることだ。

「雪斗さん、ご飯は食べられてる？」

紗奈が尋ねるも、力なく首を左右に振る。

「……休日なら食べられるんですが、やはり仕事前になると気が重くなって……食欲が湧かないです」

出した茶菓子を完食した梅子、あれ以来毎日社務所におにぎりを食べに来る弥助と栗太のような、食欲旺盛《おうせい》なあやかし達ばかり相手にしてきたので、食欲がないと悩んでいる相談者は初めてだ。

「毎日辛くて……どうにかしなきゃいけないと思ってはいるんですけど、どうすればいいかわからなくて……」

雪斗の首筋は細く、腰からお腹にかけてだいぶ痩せてしまって見える。綺麗な白い毛並みをしているというのに、不健康そうだ。

「で、結局お前はどこを治してほしいんだよ？」

破魔矢を片手に持ったまま、横で聞いていた白銀が痺《しび》れを切らして尋ねてきた。話が長いのに要領を得ない、とでも言いたげである。

「白銀様！」

紗奈は慌てて白銀の口を塞ぎ、ちょっと待っててね、と雪斗に声をかけて部屋の隅に白銀を引っ張っていった。

雪斗に聞こえないよう、小さな声で耳打ちする。

「ダメですよ白銀様。これは繊細な案件なので、そんなずけずけ物を言っては」

「だってよ、どこも怪我してないじゃないか」

腑《ふ》に落ちない、と白銀が口を尖らせる。

確かにここはあやかし専門の保険窓口で、怪我や病気をした相手の話を聞き、霊力を給付する場所なのだから、健康なあやかしとは無縁のはずだ。

鉄鼠《てっそ》の梅子のような慢性疾患《まんせいしっかん》の腰痛ではなく、八咫烏《やたがらす》の弥助のように急性の外傷でもなく。ただ、ご飯が食べられず、寝つきが悪いだけかもしれない。

でも確実に、雪斗は弱っている。

「……彼はおそらく、心の病《やまい》です」

小さな声で紗奈が告げる。難しい案件になりそうだな、と口元を引き締めた。

「心の病《やまい》ぃ？」

白銀がすっとんきょうな声を上げるので、紗奈は人差し指を立て静かにするように訴える。

うつ病、適応障害、不安障害、不眠症、抑うつ状態……さまざまな呼び名はあれど、健康保険上では、『精神疾患』と一括《ひとくく》りに分類される。

文字通りそれは心の病《やまい》――現代日本でも、問題視されている。

紗奈も、社労士事務所で働いていた時、よくその病名を書類で目にした。

老若男女《ろうにゃくなんにょ》関係なく、昨今はどんどん患者が増えてきている。精神疾患にて会社を休むことを余儀なくされた時も、健康保険で傷病手当金の給付が受けられる場合が多い。

ただ難しい点は、その病《やまい》は目に見えない、というところだ。

骨折したら、骨が繋がったかレントゲンでわかる。内臓の病気になったら、血液検査やＭＲＩで悪化や寛解がわかる。

精神疾患は目に見えないからこそ、どれだけ辛いかが本人にしかわからない。

体調や、回復の見込みも非常に個人差がある。

なので慎重に、本人の話を聞くことが大事なのだ。

「雪斗くんはだいぶ弱っているように見えます。ゆっくり話を聞いてあげましょう。あまり刺激するのは良くないです」

細くなった体に、生気のない瞳は、怪我はしていないが見るからに痛々しい。

「飯食って寝ればいいだけの話じゃないのか？」

白銀は未だに納得がいっていないのか、眉根を寄せている。

「仕事が上手くいかなくて落ち込んだ時や、人に無神経なことを言われイライラした時。失恋して悲しくて泣いた時。一時的に、食べたり寝たりできなくなりませんか？　それが毎日ずっと続いている状態、と考えてください」

「経験ないいな」

一言で紗奈の言葉を叩き切る白銀。

千年も生きているんだから酸《す》いも甘いも色々経験していそうなのに。

そんな心の機微などわからない、と白銀は頭に疑問符を浮かべている。

「とにかく、彼は傷ついていると思うので慎重にいきましょう。まずは私達が彼の味方になってあげることです」

雪斗は、この社務所の相談窓口に助けを求めに来たのだ。手を差し伸べてあげねばならない。もし、もっと傷つけてしまったり、対応を間違え取り返しのつかないことになったりしたら、と思うと恐ろしい。

豪快で竹を割ったような性格の白銀だ。慎重に、というのは苦手だと、肩をすくめる。

「お嬢ちゃんが慰《なぐさ》めてあげるしかないな」

「うーん、私は保険の知識と経験はありますが、医師でもカウンセラーでもないので、難しいですけどね……やってみます」

外で勤めていた時は、書類上や電話越しでしか保険のやりとりをしていなかったので、なかなか相談者本人と直接話す機会はなかった。

でも、困っているあやかしは見過ごせない。

紗奈はうん、と頷いて雪斗の方へと向かった。

「ごめんなさい、お待たせいたしました」

紗奈が笑顔で座布団に座ると、雪斗はぺこり、と会釈《えしゃく》をした。

「聞いたお話を整理するね。雪斗さんは、今年から御成町で他の猫又さん達と夜にお仕事をしていて、それがうまくいかなくて悩んでるのね」

こくん、と頷く雪斗。

「何か他に辛いことや、気になることはある？」

御神木から霊力をもらっても、心を悩ませる原因を解決しなければ意味がない。こうなればとことん吐き出してもらおうと、紗奈は問いかける。

言おうか言うまいか、悩んだ様子で耳を垂れている雪斗。

「僕……僕、虎次郎《とらじろう》さんのことが怖いんです」

と呟いた。

「虎次郎さんっていうのは誰？」

「……猫又達の中では一番年配で、仕事を仕切っている方です。お仕事を教えてもらったりしているんですが。ひとつひとつの言葉が重くて、辛くなるんです」

雪斗は震え、動悸《どうき》がしてきたのか息を何度も吸っている。ひゅーひゅーと喉が鳴る。

「ごめんなさい、辛いことを思い出させちゃったね。もう大丈夫よ」

紗奈は慌てて近づき、雪斗の丸まった背中をそっと撫でた。

昔、泣いていた幼い頃の自分を、母親が優しくあやしてくれたように。手のひらの体温は温かく、相手にも伝わるものだ。

紗奈も前の職場に、そりの合わない上司はいた。機嫌が顔に出るタイプで、いつも顔をしかめているのが側《はた》から見ても怖かった。電話相手に大声を張り上げていることもあった。自分が叱られているわけではなくても萎縮《いしゅく》し、職場全体がピリピリしてしまう。

その上司に話しかける時は心臓がドキドキしたし、会議の前の日は注意されないか、資料を何度も読み返して寝不足になった。

人それぞれ個性があり、全員と仲良しこよしにできるわけがない。特に上下関係や年齢差のある職場なら尚更《なおさら》だ。

雪斗は、その虎次郎という上司の猫又が苦手なのだろう。

「とりあえず、ここでしばらくゆっくり休んでね。水も飲んで、ご飯も食べて、ゆっくり寝よう。夜になったら、御神木様から霊力をもらいましょう」

「……ありがとうございます」

雪斗は何度もお礼を言って、ごろごろと喉を鳴らした。ふわふわで白い毛並みの綺麗な猫が、四六時中頭を悩ませることを解決してあげたいな、と紗奈は思った。

心を許してくれたのか、雪斗は舌を出して目の前に置かれた水に顔を近付けた。ざらざらの舌を出して舐め、喉を潤《うるお》している。

寝食も忘れるほどの悩みなど、とても辛かったに違いない。

「これやるよ」

白銀は、一通り水を飲んで落ち着いた雪斗に、手に持ったままだった破魔矢を差し出した。

「災いを射つ縁起物《えんぎもの》。しかも俺が作った、この世にひとつしかない破魔矢だ。大事にしろよ?」

雪斗は目の前に置かれた、白銀がさっき作った破魔矢を見つめた。その矢先は、彼に降りかかる悩みを消してくれるのだろうか。

元気出せ、と白銀が声をかけると、雪斗は弱々しく微笑んで首を縦に振った。

＊＊＊

体調の悪い雪斗を社務所の客間で休ませることにした。

悩みを打ち明け、少し水や食べ物を口にできて安心したのか、雪斗は布団で丸くなって寝始めた。すーすーと寝息を立て、ピンク色の鼻が動いている。

ゆっくり寝かせてあげようと、そっと襖《ふすま》を閉じた。

紗奈は作りかけだった破魔矢を急いで作り、箱いっぱいになったところで神社の奥の蔵へと持っていった。年末年始に必要な量にはまだまだ足りないので、また後日手伝いをしなければならない。

祈祷《きとう》が終わった父に、今日の分の破魔矢の製作が終わったことと、出かけてくる旨《むね》を伝えて境内《けいだい》を降りた。

日はいつの間にかとっぷり暮れ、綺麗な三日月が出ている。

薄手のニットの上に、ジャケットを羽織ったが、夜風は少し寒く身震いをする。

小町通りのお店は夕方には店を閉めてしまうところも多いので、薄暗く閑散《かんさん》とした道を歩く。

御神木からの霊力供給の儀式を行う前に、雪斗の言っていた職場を見ておこうと思ったのだ。

いくつか、彼の言葉に気になるところがある。

紗奈は鎌倉駅前まで行き、大きな銀行の支店の横を通りすぎ、西口の時計台の前までやってきた。

とんがり帽子をかぶっているような煉瓦《れんが》造りの時計台がトレードマークの小さな広場は、待ち合わせ場所としても地元の人達によく使われている。

「夜道は危険ですよ、お嬢さん」

声をかけられたのでハッとして振り返ると、いつの間についてきていたのか、黒髪短髪で人間に化《ば》けている白銀が足を組んで公園のベンチに座っていた。

襟なしの白いシャツに、ミルクティー色の厚手のカーディガン、ジーンズ姿の白銀は、街中スナップを撮《と》られてファッション雑誌に載っていても遜色《そんしょく》ない。

見ず知らずの他人のように話しかけ、口角を上げている白銀に、紗奈が驚く。

「御成通りに行くんだろ？　なんで俺に一言言わないんだよ」

相談者の現場検証に白銀が毎回ついてくるのが暗黙の了解だったのだが、今回はあえて出かけることを言わず、こっそり外出したのだった。

そのことが不服だったのか、白銀はジーンズのポケットに手を突っ込んで立ち上がった。

紗奈は、はぁ、とため息をつく。

「精神疾患は色々と気をつけることが多いんです。彼は霊力を御神木からもらって元気になった後も、元の場所で働かなきゃいけないので、あまり事を荒立ててはいけないんですよ」

腰痛になった梅子の怪我の原因を同僚に聞いたり、弥助にぶつかって逃げた犯人のトンビの情報を海の屋台の店員に聞いたりするのとは、わけが違う。

彼が傷ついた場所は職場であり、原因は同僚や上司で、その当の本人達に聞くのだから、慎重にならなきゃいけない。

「間違っても、『あなた雪斗さんをいびりましたか?』なんて直接本人に聞けないでしょう?」

精神疾患の難しいところである。心を傷つけた原因によって、対応が変わってくるのだ。

「それもそうか」

白銀はやっと今回の相談の大変さがわかったようで、目を見開いていた。

そして、わかった上でもやはり紗奈についてくるつもりらしく、ゆっくりと歩き出した。この天狐《てんこ》のことだ、デリカシーのないことをずけずけと同僚の猫又に聞くかもしれないので、今回は一人で調査しようと思ったのだが。

「ま、じゃあ今回は大人しくしているので、俺のことは夜道の用心棒だと思ってくれ」

紗奈の複雑な気持ちを察したのか、白銀は黒髪を掻《か》き上げて時計台の下から御成通りへと向かった。強大な力を持つ白銀は、用心棒としてはこの上なく適任であることは間違いない。

御成通りまでの道、広い背中の白銀を追いかける。

「さらに困ったことに、今回は普通の精神疾患と違うんです」

「ほう、どう違う?」

「彼はまだ仕事を始めたばかりだから、仕事の内容や人間関係になかなか慣れなくて悩んでしまっているという、環境的要因が体調不良の原因なら良いのですが」

人間でもよくある。学校に入りたてでクラスに馴染《なじ》めない。会社に入りたてでうまく業務内容を覚えられない。引っ越しや転勤でその土地に慣れていないなど、環境に適応できず悩んでいる場合。

その名の通り、『適応障害』という名の病名をつけられることが多い。

健康保険から傷病手当が受けられるし、その馴染《なじ》めない環境を変えるか、数ヶ月休んでリフレッシュするのが望ましいだろう。

「ただ、彼ははっきりと『虎次郎さんが怖い』と言ってました。上司らしき特定の個人を恐れていた。何か、その相手から嫌なことをされたり、言われたりしたのかもしれません」

名前を出した途端、震えが止まらなかったあの様子は、相手に対してとても恐怖を感じているようだった。

「もし、彼が上司からパワハラを受けていたのなら……それは労災、かつ第三者行為になります」

心に傷を負った場所が職場であり、さらに特定の個人からパワハラを受けていたのであればそうなる。

職場で腰が痛くなった梅子と、相手にぶつかられて怪我した弥助の事例を、精神的なものに置き換えて合体させたようなものだ。

精神疾患が労災と認められれば、職場及び加害者に賠償《ばいしょう》を請求できるケースもある。そのため、傷病手当金を受け取るための書類にも、必ず、「第三者から受けた傷病ですか?」という問いの欄がある。

本人が職場の人物から精神的に傷を負わされたと、しっかり書けば、労災かどうかの判断が必要となる。

ただ、その判断がなかなか難しいのである。

夜道を歩きながら、紗奈は頭を悩ませた。人間でも難しい案件なのに、ましてあやかし相手だ。

「今から猫又に取って食われるわけじゃないんだから、そんな顔するな」

白銀は、今にも頭から煙が出そうな紗奈を小突くと、笑って場を和《なご》ませてくれた。

「それにな」

白銀は秋の夜に浮かぶ三日月を見上げ、ぽつり、と呟いた。

「虎次郎はそんな悪い奴ではない」

珍しく相手をかばうような言葉に紗奈が、おや、と驚く。

「知り合いなんですか？」

「……昔、ちょっとな」

遥《はる》か昔を思い出し、感傷的な気持ちになっているのか、白銀は小さい声で答える。

猫又の長老とも繋がりがあるのか、と鎌倉中に顔の広い桜霞神社の祀《まつ》り神《がみ》の高い背を見上げ、御成通りへの道を歩く。

薄闇の中、涼やかな鈴虫の鳴き声が響いていた。

『御成通り』と書かれている深緑色の門をくぐると、目的の場所だ。

白い石畳が敷かれた真っ直ぐな道の続くその商店街は、古民家風の趣《おもむき》のある喫茶《きっさ》店《てん》や、素朴な味が美味しいクレープ屋さん、手作りの小物やアクセサリーが並べられた雑貨屋などが立ち並んでいる。

もう遅い時間なので、ほとんど店じまいをしてしまっているが、閑静な雰囲気が紗奈は好きだった。今度は昼に遊びに来て、クリームたっぷりのクレープを食べようかなぁなどと考える。

ふと目を凝《こ》らすと、黒猫が道の真ん中を横切っているところだった。

夜に馴染《なじ》む黒い毛並みは整えられていて、背筋のしゃんとした美猫であった。

その口にはなにやら野草をくわえている。

雪斗は、御成町で雑草を刈る仕事をしている、と言っていた。

もしかしたら野生の猫ではなく、雪斗の同僚の猫又なのかもしれない。早速話しかけてみようと近づく。

「もしもし、こんばんは」

紗奈は視線を合わせるように、しゃがんで声をかけた。

黒猫は首をこちらへ向け、黄色の大きな瞳でじっと、紗奈と後ろの白銀を見つめた。

「桜霞神社の方ですか？」

口にくわえていた野草を道に一旦置くと、凛《りん》とした声で尋ねてきた。

「はい、社務所の紗奈と、えっと……」

自分の自己紹介をした後、人間に化《ば》けている黒髪の白銀をなんて説明しようか悩んでいた。白銀が自ら来ていると気づいたら、警戒されてしまうかもしれない。

「紗奈の兄です」

紗奈の困った視線に、白銀は察したのか一言だけ答えた。

まさか兄だなんて言葉が出てくると思わなかったので、紗奈は内心笑ってしまいそうになり、口元を引き締めた。白銀の、笑うなよ、という視線で必死に耐える。

確かに見た目は兄ぐらいの歳に見えるし、にじみ出てしまう彼の霊力も、神社の後継ぎだと言われれば納得するかもしれない。

実際、黒猫は疑うことなく桜霞神社の関係者だと信じ、会釈《えしゃく》をした。

「お忙しいところごめんね。お話を聞いても良いかしら」

紗奈が目線を合わせて話しかける。

「隣町から来た猫又が、御成通りのみんなのお手伝いをしたいって相談に来たの。普段どんなお仕事をして、仲間はどんな感じか教えてくれる？」

雪斗については言わず、職場のことを聞くために苦肉の策で考えた言葉だった。

これなら警戒せず、本音を語ってくれるに違いない。

「私で協力できれば、ぜひ」

黒猫は興味深そうに視線を向けると、尻尾を振った。メスの猫又のようだ。

「お仕事の時間と、内容を教えてもらえる？」

「我々は夜行性なので、平日の夜の九時過ぎから明け方五時ぐらいまでかしら。道に生《は》えた雑草を抜いたりして、御成町を綺麗にする仕事よ」

聞いていた内容と同じだと思う。週五日、一日八時間なのも、法外な仕事時間ではない。

「仲間の猫又は……お互いあまり群《む》れず、自分を持ってる子が多いかしらね。仲が悪いわけじゃないけれど、干渉し合わない感じ」

やはり猫又は、猫のあやかしだけありその性質も似ているのだろうか。マイペースで気まぐれな猫のように、群《む》れずに他人との距離感を保っているのかもしれない。

「新人さんには、簡単なお仕事内容を教えるために、長老の虎次郎さんがついてくれるから安心だと思うわ」

黒猫は肉球で顔を洗いながら、ぺろりと舌を出した。

虎次郎という名前を聞き、紗奈は雪斗の怯え切った顔を思い出す。

彼を傷つけたのかもしれない、そのあやかしのことを尋ねる。

「虎次郎さんてどんな方？　新人さんに対して厳しかったり、怖かったりする？」

紗奈の言葉に、黒猫は首を横に振った。

「いいえ、虎次郎さんはとてもできた方よ。初めは少し、とっつきにくいかもしれないけれど。私は大好きよ」

上司をかばう感じではなく、自然と心から出てきた言葉のようだった。

古い友人だと言っていた白銀も、さっきそんな奴ではないと言っていたし、雪斗の意見とどっちが正しいのだろうか。

百聞は一見にしかず。紗奈は本人に会いに行ってみようと、黒猫に虎次郎の居場所を尋ねる。

「虎次郎さんはいつも図書館の駐車場にいるから、今日もいると思うわ」

と親切に教えてくれた。

お礼を言うと、黒猫はにゃあ、と小さく鳴き、地面に置いていた雑草をもう一度くわえて軽《かろ》やかに塀の上へと飛び乗り、去って行った。

紗奈は図書館への道を歩き出そうとし、くるりと方向転換して振り返る。

「じゃあ行きましょうか、お兄さん？」

横にいる黒髪の白銀にからかうみたいに話しかけると、本人は珍しく照れ臭そうにそっぽを向いた。

「しょうがないだろ。俺の正体がバレたら警戒されるって言ったのは、お嬢ちゃんだろ」

「いえ、助かりました」

機転の効いた対応のおかげでうまく聞き取りができた。

それにしても、お兄さんって。紗奈は一人っ子なのだが、こんなやんちゃな兄がいたら、幼い頃から毎日楽しかったかも、と思った。

木々のざわめきを聞きながら、御成通りを数分歩くと、すぐに目的地へ到着した。

三階建ての白い壁が目印の立派な図書館であり、蔵書数も多く近所の人や学生がよく通う。静かに勉強や読書をしたい人達の憩《いこ》いの場である。

今は夜なので一台も置かれていないが、広い図書館の入り口には駐車場があり、停められる台数分の白線が引かれている。

その一番奥、車止めの石の上に、どっしりと一匹の猫が寝転んでいた。

「あいつが虎次郎だ」

紗奈の耳元で白銀が囁《ささや》く。

虎次郎という名前は、毛並みが茶色の虎柄だから名づけられたのだろうか。

かなりぽっちゃりしており、車止めの上からお尻がずり落ちそうになりながら、当の本人はぼんやりと虚空《こくう》を見つめていた。

「では話しかけてきます。白銀様は……」

「俺はここに隠れているよ。会話は聞こえる」

図書館の入り口の陰にそっと身を潜《ひそ》め、自分の耳を指差し、白銀は頷いた。

人間に化《ば》けていても彼の耳は良く、少し離れようが会話は聞こえるのだろう。

紗奈は返事をすると、その虎猫にそっと近づいた。

「初めまして、虎次郎さん。夜分遅くにすみません、桜霞神社の紗奈と申します」

驚かせないように優しく声をかけると、虎次郎はゆっくりと紗奈の方に顔を向けた。

細い三白眼で、耳は垂れている。一体何年生きているのだろうか、だいぶ老猫に見える。

「……こんばんは」

小さな声だが、重低音は暗い闇夜によく響く。

紗奈はにっこり笑って、車止めの上に寝転がっている虎次郎と目線を合わせた。

「隣町の猫又が、御成通りのお仕事のお手伝いをしたいと言ってまして。お話を聞かせてもらってもいいでしょうか」

後で矛盾が出ないように、黒猫にも聞いた質問を虎次郎にもする。

彼はこくん、と無言で頷いた。

「虎次郎さんは新人の教育を担当してると聞きましたが、どんな感じなのですか？」

アバウトな聞き方になってしまうが、他に質問のしようがないので仕方がない。

あなた、雪斗さんに意地悪やパワハラしました？　なんて率直に聞けるはずもない。

「……最初の数日に、一緒に行動して雑草の種類や抜き方を教える。慣れたら一人でやってもらって、毎日始まりと終わりの時に報告してもらう。それだけです」

虎次郎はゆっくりと、呼吸を置きながら答える。

数日間は研修のようにベテラン上司がつきそって仕事を教え、一人でできるようになったら自己責任で任せるということか。べったりくっついて指導するより、まずは自分で行動させるという方針なのだろう。

特に問題はありそうにない。紗奈はうんうん、と相槌《あいづち》を打ちメモを取る。

「もし、新人さんが仕事を間違えたり、失敗したりしてしまったらどういう風に叱りますか？」

紗奈の質問に、虎次郎は黙ったままじっと見つめてきた。

ぼさぼさの毛並みにぽっちゃりした体は、彼が貫禄《かんろく》のある老齢の猫又だと思わせる。

「あ、いや、その相談者が、仕事が厳しいんじゃないかと心配してましてね？」

なぜそんな質問をするのかという意図を感じる虎次郎の無言の圧力に、紗奈の方が慌てて言い訳をする。

虎次郎は小さく尻尾を振って、うな垂れた。

「……叱りはしません。間違いは誰にでもあることです。もう一度正しいことを教えます。必要ならば、何度でも」

とても穏やかな口調で、虎次郎は告げる。

間違いは指摘はしても叱ることなく、覚えるまで何度も教えるなんて、もし本当なら非常に忍耐強く、優しい指導者ではないか。

メモを取る手を止めて、紗奈は虎次郎の瞳を見つめる。黒々としたその瞳は、とても嘘をついているようには思えない。

現に先ほど聞いた黒猫も、虎次郎は優しいと証言していた。

雪斗の、震えながら泣いていた姿を思い出す。

どっちが正しいのだろう？

「……雪斗のことで、来られたのでしょう」

心臓が跳ね上がった。

まるで紗奈の頭の中を読んだかのように、虎次郎は静かに問いかけた。

なんて答えようか迷い、しかし自分の目が泳いでいるのに気がつき、咄嗟《とっさ》の言い訳が思い浮かばず紗奈は黙ってしまった。

「昨日から仕事に来ていません。無断欠勤するような子ではないから、何か事情があるのだろうと思っていましたが、社務所に相談に行ったのですね」

部下が何も言わずに仕事に来ないのだから、彼も心配したのだろう。

尻尾をゆっくりと振りながら、虎次郎は全てを悟ったように語る。

「……最近、目もうつろで、生返事が多かった。少しやつれているように感じたので、休暇を取るように伝えようと思っていたのですが」

腹に響く低い声や、淡々とした口調から、冷たい性格だと誤解されることが多そうだが、虎次郎のその言葉の端々からは、温かさや優しさを感じた。

もう遠回しな嘘をつくのはやめようと、紗奈は虎次郎に向き直る。

「虎次郎さん、嘘をついてごめんなさい。おっしゃった通り、雪斗さんが社務所に相談に来たんです」

　背後で、白銀のため息が聞こえた気がした。

　繊細な案件なので、うまく聞き出すと言ったのに。結局真実を白状しているのだから、呆れられても仕方がない。

　しかし、この真摯《しんし》な猫又に、嘘をついて探ることはもうできないと感じたのだ。

「彼は心身ともに衰弱していて、ろくに睡眠や食事も取れない様子でした。仕事や……あなたが怖いと言っていました。なにか、心当たりはありませんか」

　包み隠さず、ストレートに聞いた。

　虎次郎はひげをひくひく揺らすと、悲しそうに耳を垂れさせた。

「……雪斗、可哀想に。そんなに思い詰めていたのか」

　慌てて反論するでも、理論武装した言い訳をするでもなく。真っ先に雪斗の気持ちや体調を思いやる彼の姿に紗奈は驚いた。

　目を伏せ、じっと黙っている彼の次の言葉を待つ。

　月夜が虎次郎の茶色の毛を照らし、木々のざわめきが鼓膜《こまく》を揺さぶる。

「……ご覧の通り、私はろくに霊力のない老いた猫又です。声を荒らげて叱ったり、怒鳴りつけたりすることなど、できますまい」

確かに、紗奈の昔の上司の如《ごと》く、虎次郎が不機嫌をむき出しにして怒り散らす姿は想像もできない。

「……雪斗は、生真面目で繊細な子です。雑草ではなく、これから花が咲く苗を間違えて抜いてしまった時も、まるでとんでもない失敗のように焦っておりました」

御成通りに来たばかりの頃の雪斗を思い出し、ふ、と微笑む虎次郎。

まるで孫を思う祖父のような、温かい笑顔だ。

「完璧にやろうとしなくていい、少しずつ覚えれば大丈夫。君には期待している、と伝えていたのですが……。もしかしたらそれが逆に、重荷だったのかもしれませぬ」

その笑顔が、ゆっくりと曇《くも》った。

自分の言葉が、大切な部下を苦しめていたのかもしれないという自責の念が彼を襲っているのだろう。

紗奈はそっとメモ帳をポケットにしまった。これ以上聞き取ることなどないだろう。

「ありがとうございます。参考になりました」

「……私は、どのような償《つぐな》いをすれば良いのでしょうか」

耳もひげも尻尾も垂れ、意気消沈した様子の長老猫又に、紗奈は首を横に振る。

「いえいえ！　償《つぐな》いだなんて……。雪斗さんはしばらく仕事をお休みして療養に専念していただく感じになると思いますが」

「……そうですか。お大事にと、お伝えください。はるばるご足労をおかけしました」

虎次郎はそう言うと、紗奈に深々とお辞儀をした。

月明かりに照らされた図書館の駐車場の一角で、猫又は心を痛めているようだった。

「……そちらの方も、お手数おかけしました」

図書館の入り口を眺めながら虎次郎が声をかける。

隠れていた白銀の存在にいつから気がついていたのだろうか。もしくは最初から察していたか。

虎次郎は、車止めの上から降りると、駐車場を横切りゆっくりと歩き出した。

肉づきの良い体を揺らしつつ、一歩一歩図書館へ近づく。

入り口まで来ると、建物の陰に隠れて腕を組み立っていた青年に向かって、丁寧にお辞儀をした。

「お久しぶりです……白銀様」

白銀はいつものひとつに束ねた長い銀髪に和装のあやかしの姿ではなく、黒髪短髪でジーンズの人間に化《ば》けているのだが。

「姿を変えても、霊力でわかりますぞ」

にゃあ、と鳴いて言い当てる虎次郎。紗奈の兄や、神社の関係者だというごまかしも彼には無意味だろう。

「久しぶりだな、虎次郎」

バレたら仕方がないと、軽く両手を上げた降参のポーズで白銀が表へと出てきた。背の高い青年と、でっぷりと肉のついた虎猫が、視線を合わせる。

虎次郎は小さく笑って尻尾を垂れた。

「……あなたは、今も変わらず、鎌倉の平和を守ってくださっているのですね」

御成町に行く道中、虎次郎とは昔ながらの仲だと白銀が言っていたが、本当のようだ。

過去の白銀を知っているのか、懐かしむみたいに目を細めて話す。

「……ですが、そんなあなたの心の平和を守ってくださる方は、いらっしゃるのでしょうか」

人通りのない夜の駐車場で、二人と一匹。

あやかしと人間の間を、一際強い風が通り抜けた。

虎次郎の毛並みが揺れ、白銀と視線が交差する。

「……わたしにはそれが心配です」

風がやんだ後、長老の猫又は威厳《いげん》ある低い声で、そっと呟いた。

白銀はアスファルトに座る旧友を見下ろし、しばらく黙っていたが、何かを思い出すかのように目を細め、片方の口の端を上げた。

「要らん心配だ」

強大な霊力を持つ天狐《てんこ》にしてみれば、取るに足らないことだと、優雅に一蹴《いっしゅう》した。

「ほっほっ……そうですね」

虎次郎はそんな白銀の堂々とした返事に微笑む。

二人はそうしてしばし静かに目で会話をしていたが、白銀が口を開く。

「ま、邪魔したな。変わってなくて安心した。俺らはそろそろ帰るわ」

「ええ。こんな月の綺麗な夜に、あなたにお会いできて嬉しゅうございました」

敬愛の念を表すように、尻尾を左右に大きく振る。

「ありがとうございます、虎次郎さん」

紗奈が告げると、深々とお辞儀をする虎次郎。

後ろ手で手を振りながら、黒髪の白銀は駐車場の入り口を出る。

紗奈がその背を追いかけて歩き出し、振り返ると、まだ虎次郎は深々とお辞儀をしていた。

二人の姿が見えなくなるまで、細い道の真ん中で、ずっと。

「腹が減ったなぁ。お嬢ちゃん、夕飯食ってこうぜ」

沈黙を破るように、明るい調子で白銀が言った。

何を食べようかと、ジーンズのポケットに手をつっこみ、御成通りを歩き駅前へと向かう。足の長い彼に追いつくため、紗奈は自然と小走りになってしまう。

「白銀様の言う通り、虎次郎さん、悪い人じゃなさそうでしたね」

最初に会った黒猫が言っていた通り、少しとっつきにくい見た目と声色をしていたが、礼儀正しい穏やかな猫又であった。

「だろ？」

友人を褒められたのが嬉しかったのか、白銀は鼻歌まじりで頷いた。

＊　＊　＊

市役所通りを歩き、十字路の細道を曲がったところにあるおしゃれなレストラン。店の入り口には今夜のメニューとして写真つきで看板が出ており、彩《いろど》りも良く美味しそうなご飯を見て、白銀がここにしようと提案してきた。

ガーデンホーム鎌倉という名前のそのレストランは、その名の通り石畳を進むと庭の中にアトリエ調のお店がある。

生い茂った木々や草花は綺麗に手入れがされており、梅雨《つゆ》の時期にはピンクや藍色《あいいろ》の紫陽花《あじさい》が咲いている。

室内も暖かい間接照明とウッド調の家具が置かれていて素敵だが、ガーデンテラスの席がこの店では人気である。ペット同伴も可能で、ランチの時間帯はお散歩帰りのワンちゃんがくつろいでいたりする。

人気店のためディナータイムはカップルや夫婦で混み合っていた。白いシャツに黒い腰巻きエプロンを着た男性店員が室内かテラス席かどちらが良いか聞いてきたが、白銀は食えればどっちでも、と言うので紗奈はテラス席をお願いした。

案内され席に座ると、テーブルの上には小さなアロマキャンドルが置かれていて、辺りを優しい光で包んでいる。

新緑の木々に囲まれており、息を吸うと土と樹木の混じった香りがする。鎌倉駅に近い場所にあるのに、自然を感じられるこの場所が紗奈は好きであった。

見上げると夜空に浮かんだ星と秋風に揺れる木々、視線を下げるとキャンドルの光。と、メニューと睨めっこしている白銀の姿。

ロマンチックなシチュエーションが台無しである。

「品書きだと、どんな食い物かわからないな」

入り口の看板には写真が貼られていたが、文字のみのシンプルなメニューでは料理の想像ができないらしい。白銀は真剣な顔で一文字一文字読み込んでいる。しかし横文字が苦手なためあまりピンと来ていないようだ。

社務所の窓口に来たあやかしの話を聞く時も、そのくらい真剣な顔をしてくれれば良いのになあ、と食事には全力の白銀に苦笑いする。

「このお店は有名な鎌倉のハムメーカーと提携《ていけい》しているので、それを使ったお料理が美味しいと思いますよ」

「はむ?」

「お肉です」

お中元やお歳暮などでも有名な鎌倉のハム会社の品を使っているため、ローストハムやベーコン、ソーセージが美味しいと評判だ。

「肉か、腹減ってるから確かに肉がいいな」

白銀は納得したのか、肉肉と連呼しながらメニューをまた一通り眺める。店員が注文はまだかな、とこちらを気にしているので、待たせてしまって少々気まずい。

「入り口の写真にあった、丸いのに野菜や肉が載ってる食べ物はなんだ」

かなりアバウトな白銀の質問だが、紗奈は表の看板を思い返しつつメニューを見る。

「ああ、ピザですよ。小麦を練《ね》った生地に、野菜やお肉やチーズを載せて焼いた食べ物です」

「うまそうだな、じゃあ俺はそれで」

じゅるり、と音がしそうなほど舌なめずりをして、ベーコンとハムのピザを指差す白銀。

私もピザが食べたいな、と他の種類を見比べる。

「じゃあ私は、しらすと葉葱《はねぎ》のピザにします」

湘南の名物、しらすが載っているなんて想像するだけで美味しそうだ。

「半分こして、ふたつとも味を楽しみませんか」

食事のシェアなんて、まるで恋人同士みたいで紗奈は気恥ずかしかったが、聞いていたら徐々にベーコンとハムのピザも食べたくなってきたのだ。

向かいの白銀は、黒髪を掻《か》き上げてニヤリ、と笑う。

「欲張りだな、お嬢ちゃん」

俺も食べたかったんだ、と言ってその提案に乗ると、片手を上げ店員を呼んだ。

注文からしばらくして、お店の看板メニューであるピザが運ばれてきた。

テーブルいっぱいに二枚置かれ、シェアするための取り皿も添えられている。

六等分に切られたピザを一枚ずつ取り皿に載せ、お互い食べ始める。

焼きたてで熱々の生地は、焼き目も香ばしい。ピザには、薄くてサクサクした生地と、分厚く耳までふっくらしていて食べ応《ごた》えのある生地の二種類があるが、紗奈は後者の方が好みだ。このお店のピザはふっくらもっちりで、好みとぴったりである。

濃厚なトマトソースの上に、分厚いハムとベーコンが敷き詰められたピザは、口に入れるとジューシーで肉汁が溢れ出す。

嚙むとチーズが伸び、白銀が目を見開いて困っている。

由比ヶ浜で食べたチーズハットグの時といい、白銀はとろとろのチーズを食べるのが相変わらず下手くそだ。

もうひとつの方は、ホワイトソースがたっぷりかかった生地の上に、湘南の釜揚げしらすと、葉葱《はねぎ》がふんだんに載せてある。ホワイトとグリーンの色合いも綺麗だ。

口に含むと、海の香りのするしらすのしょっぱさと、葉葱《はねぎ》の甘みをホワイトソースが包み、とても優しい大人の味がする。

正統派のトマト味のボリュームのある物と、シンプルかつ鎌倉のご当地物。美味しくて、どちらも交互に食べ進んでしまう。端の部分はオリーブオイルにつけて食べると、味が変わって良い。

「肉も魚も、甲乙つけ難いな」

六枚切りのピザなので一人三枚なのに、白銀が一枚多く食べたと紗奈が文句を言って揉《も》める一幕もあったが、そうこうしているうちにすっかり皿の上の物を全て食べ切ってしまった。

「いや、うまかった。気に入った」

天下の天狐《てんこ》、白銀も、美味しいピザには太鼓判を押した。

食後のレモネードを飲みながら満足げにキャンドルの光を眺めている。炭酸が好きなようだ。

「雰囲気も素敵なレストランで私も大好きなんです。パンケーキや焼き立てのパンも美味しいんですよ」

今度はまたティータイムに来たいなぁ、と紗奈は温かいソイラテに口をつける。満腹の体にラテが染み渡る。

空腹だったので無心で食べ進めてしまったが、満足した途端、雪斗の相談の件を思い出した。

どうしようか、と悩みつつ、しかし考えても結果は変わらないな、とも思う。

「真面目だな。食事の時ぐらい、仕事のことは忘れたらどうだ」

急に黙り込んでしまった紗奈の気持ちを察してか、白銀はストローを吸いながらだめてくる。

ソイラテを味わってから、口をへの字に曲げる紗奈。

「そうもいきません。苦しんでいる相談者がいるんですから、早めに解決しなければ」

ティーカップを置き、頷く。

「じゃあ、お嬢ちゃんは今回はどんな見解だ?」

まるで試しているように、白銀は腕を組み紗奈の言葉を促した。

隣の席のカップルはテーブル越しに手を繋ぎロマンチックに愛を語り合っている様子だが、こちらは色気もへったくれもない保険のお話だ。しかも、あやかし専門の。

「結論から言うと、今回はパワハラによる精神疾患には該当しないと思います」

紗奈の言葉に白銀は何も言わなかったが、表情からは、だろうな、という感情が見えた。

頭の中で整理をし、何度も読み込み付箋《ふせん》をたくさん貼った参考書や、社労士事務所時代の経験を思い出す。

「まず仕事の内容、業務時間は問題がないように思えます。到底一人では終わらせることのできない量の仕事量を押しつけられたり、違法な残業時間を過ごしたりといったことはありませんでしたし、職場の環境は悪くありませんでした」

紗奈も過去、何度も経験した案件。

絶対にこなせるはずの無い仕事の量を、少ない社員数で回さなければいけない。連日深夜まで残業し、その時間は毎月数十時間にも及ぶ。

いわゆる『ブラック企業』に勤めていたせいで、心を壊してしまった人を何人も見てきた。

自分がやらねばいけない、誰も弱音を吐いていないのだから、といった強迫観念が次第に判断能力を鈍《にぶ》らせ、それが普通だと思い込んでしまうのだ。

しかし、そんな状況を長く続ければ、心も体も壊して当然だ。

ではどれほどの時間の残業なら、仕事量なら労災になるのかというのは個々の状況によって変わってくるので難しい問題だが、本人が根気強く訴え続けるしかないのだ。常識の範疇《はんちゅう》を超えている、と。

だが、御成通りの猫又の仕事は、月曜から金曜の週五日、夜間の約八時間。疲れたら適宜《てきぎ》休憩をとって良いし、雨の日は濡れるので休んでも良い。

場所はそこまで広くない、人通りの少なく綺麗に舗装された商店街とその周り。特に問題はない。それどころか、結構な好条件に思える。

虎次郎と別れた後、このレストランに来る道の途中で、ちょうど勤務時間の猫又に何匹か会った。黒猫と虎次郎だけでなく、彼らに聞いても、働きやすい職場だと言っていた。

紗奈は、人差し指と中指を立てる。

「ではふたつ目の、人間関係です。パワハラやいじめはなかったのか」

キャンドルの炎が揺らめき、白銀と紗奈の顔を下から照らす。

「パワハラに認定されるのは、『業務指導の範囲を逸脱した、人格や人間性を否定するような言動』が『周囲からも客観的に認識される』のが基本です。帰ってからもう一度本人に聞いてみようとは思いますが……そこまでの行為が同僚や上司からはなかったように感じました」

確かに、クールな同僚達や少々とっつきにくい上司であったが、話してみるとみんな優しかった。

しかし、受け取った側が傷つく言動があったかもしれないので、もう一度聞いてみることにする。

白銀は、ふーん、と興味深そうに頷きながら、

「人格や人間性を否定する言動、てどんなもんだ？」

と首を傾げてくる。

「うーん、殴ったり突き飛ばしたりの暴力や、相手に向かって物を投げるのはもちろんアウトですし」

当たり前のことだが、職場で相手に手を上げるのは論外である。

「この役立たず！　給料泥棒が！　早く辞めちまえ！　……みたいなひどい言葉をかけることでしょうか」

思わず演技に熱が入った紗奈が、大きな声でパワハラ発言をしてしまったため、横にいるカップル達がぎょっとしてこっちを見てきた。食器を運んでいた店員も、驚いて視線を向けてくる。

まるで私が、一緒に食事に来た相手に暴言を吐いてるみたいじゃない、と紗奈は顔を真っ赤にして縮こまった。

叫んで、周りから見られて、恥じ入って下を向いている紗奈の一連の行動を白銀は苦笑しながら見ていた。コロコロと表情が変わって、忙しいお嬢ちゃんだ、とでも言うように。

「そんなこと言われたら傷つくな。俺も今胸が痛い」

「もう、からかわないでくださいっ」

胸に片手を置いて、落ち込んだふりをする白銀に、小声で突っ込む。

「と、とにかく、それほどのパワハラはなかったように思えました」

心を落ちつけようと、紗奈はティーカップを持ちソイラテを飲む。

「まあそうだなぁ。虎次郎がそんなことするとは思えないしな」

公私混同しない白銀だ。旧友とはいえ、過失があると感じれば虎次郎のことを厳しく非難するはず。しかし、彼は贔屓目《ひいきめ》なしに虎次郎を信じているのであろう。

帰り道に会った猫又達にもそれとなく虎次郎について尋ねてみたが、どの猫又も『無口だけれど後輩思いで優しい』と言うのだ。

マイペースで個人主義な猫又達が、密かに口裏を合わせているとは思えない。それが、部下からの正しい虎次郎の評価なのだろう。

「じゃあなんで、雪斗はあんなに傷ついたんだ？」

「そこなんですよね……」

レモネードをすすりながら、白銀は納得いかないと口を尖らす。

ティーカップの縁を撫でつつ、紗奈は自分が感じたことを話した。

「おそらくですが、雪斗さんが、真面目で繊細な性格だからでしょう」

虎次郎が言っていた。部下が失敗した時には、

『完璧にやろうとしなくていい、少しずつ覚えれば大丈夫。君には期待している』

と伝えると。

その上司の言葉を、『期待されているのだから、次は失敗しないよう頑張ろう』と前向きに受け取り自分を鼓舞する者と、『期待されているのに失敗して、自分は駄目な奴だ』と落ち込んでしまう者がいるのだろう。

雪斗は後者に思える。

そして、次こそは失敗できないというプレッシャーでうまくいかず、それでも責めない上司に対し後ろめたくなっていき、どんどん負のスパイラルにはまっていくのだ。

先輩のようにうまくできない。上司の期待に応《こた》えなければいけない。新人だということに甘えず、成果を出さなきゃいけない――

彼の、真面目すぎる考えが、彼自身をがんじがらめに縛りつけ、苦しめてしまったのだ。

食事が喉を通らず、ろくに眠れないほど心を病んでしまった雪斗。

繊細で完璧主義な彼の長所が、悪い方に働いてしまったのだろう。

失敗や他人からの評価を気にしないタイプや、心がおおらかだったり、悪く言えば図太かったりする人の方が、意外と伸び伸びと仕事ができるのかもしれない。

「今回は誰も悪くないんです。見た目が少し怖くて口下手な上司も、自分のペースを保つ同僚も、真面目で一生懸命な新人も」

御成町には、暴言を吐きパワハラをする上司も、見て見ぬふりや意地悪をする同僚もいなかった。

とっつきにくいが穏やかな上司は誤解されやすいだけで、適度な距離をもって接する同僚は、新人の成長を応援していただろう。

パワハラにも、労災にも、第三者行為にも該当しない。

職場の同僚や上司達からでなく、雪斗は御神木から霊力をもらうしかないのだ。

人間で言うならば、健康保険という公的な機関から給付を受ける方法だ。

「妥当だな。しかし、俺には無縁の悩みだな」

レモネードのストローを噛みながら、雪斗の気持ちがわからないと眉を寄せる白銀。

「文句があったら相手に言えばいいし、それでも嫌なら辞めて他に行けばいいだろ」

確かに、白銀の言うことはごもっともだ。

人間世界でもよく言われていることである。うつは甘えだ、と。

権利を主張して、反発して、嫌なら転職すれば良いと。

でも、そう簡単にできない人だっている。誰にも悩みを打ち明けられず、一人眠れぬ夜を過ごしている人が。

紗奈は、そういう人の味方になりたいとずっと思っていた。

自分だって、嫌な上司や面倒な客、気まぐれな同僚にうんざりしたことはある。

誰だって、いつ病んだっておかしくはないのだ。他人事ではない。

「でしょうね。白銀様は強いし、些細《ささい》なことは気にしないでしょうから」

ソイラテの温かい甘さを感じながら紗奈は、ふう、と息をつく。

「ん？　今のは俺の人格の否定か？　泣いちゃうぞ？」

さっき聞いたばかりのパワハラの定義をここぞとばかりに挙げて、白銀はさめざめと泣く演技をした。

「ち、違いますよ！　全然そんなつもりないです！」

慌てて紗奈が首を横に振ると、けけけ、と意地悪そうに笑った。

＊＊＊

焼きたての美味しいピザに舌鼓《したつづみ》を打ち、パワハラ談義を熱く交わした後、社務所へ戻るとすっかり夜遅くなってしまっていた。

襖《ふすま》をそっと開き、暗い客間へと足を踏み入れる。

布団の上では、真っ白な綺麗な毛並みだが、痩せ細った白猫が、泥のように寝ていた。

もう何日もろくに眠れていなかったのだろう。

その腕には、白銀が渡した破魔矢が大事そうに握られていた。

災い事を破り、幸福をもたらすというのその矢に頬を寄せて、祈るように。

紗奈はそんな雪斗の額を優しく撫でた。

ふわふわの白い毛。ピンク色の鼻はぴくぴくと動き、何か夢を見ているのかもしれない。

するると、ゆっくりと雪斗が目を開けた。黒く丸い瞳と、紗奈の目が合う。

「ごめんね、起こしちゃった？」

「いえ、僕こそ……こんなに寝てしまってすみません」

寝ぼけ眼をこすりながら、謝ってくる雪斗。

握っていた破魔矢を宝物のように丁寧に横に置くと、紗奈の前にちょこんと座り直した。

「雪斗さん、辛いと思うけど、もう一度だけ聞かせてね。虎次郎さんや同僚の猫又に、ひどいことを言われたり、されたりした？」

何度も問い詰め、思い出させるのは気が引けるが、まだ信用できず紗奈に隠している事実があるならば、素直に言ってほしい。

銀髪に銀の尻尾のあやかし姿に戻った白銀も、後ろで腕を組み静かに聞いている。

雪斗は紗奈の言葉に、耳を下げる。

「……僕は、別に虎次郎さんや他の猫又達を訴えたいわけでも、恨んでいるわけでもないです」

ぽつり、とかすれた小さい声で語る。

「失敗してばかりで、迷惑をかけていた自分が、ほんと情けなくて」

虎次郎が怖い、と彼は社務所に来た時に言っていた。

それは、期待してくれている虎次郎に失望されるのが怖い、ということだったのだろう。

雪斗からポロポロと、大粒の涙がこぼれ落ちる。

その涙を拭《ぬぐ》い、紗奈は彼の背中を撫でた。心臓の鼓動が伝わってくる。

「そっか、辛かったんだね。でもあまり自分を責めないで」

気弱で、でもとても頑張り屋さんな雪斗を、救いたいと心から思った。

「御神木様に霊力をもらいにいきましょう。心が少し軽くなるはずよ」

紗奈の言葉に、雪斗は頷いた。震える小さな体を抱き寄せ、立ち上がる。

＊＊＊

秋は一年で一番、御神木であるイチョウの樹が美しい時だ。

鮮やかな黄色の葉が生い茂り、境内《けいだい》の横を彩《いろど》る。

夏の暑さも落ち着き、散歩をしやすい季節なので、参拝客もイチョウの樹を眺めにくる人が多い。

夜遅く星が高く輝く中、黄色の葉が風でざわめく。

雪斗を優しく胸に抱いた紗奈は、目を閉じ、そっと祈る。

「御神木よ、施しを与えたまえ」

その言葉に、ゆっくりと御神木の葉が光りだす。

緑色の葉とは違い、黄色の葉に灯る光はまた違う趣《おもむき》がある。

「きれい……」

雪斗は、天高く伸びるイチョウの樹の無数の輝きを見て、感嘆の呟きを漏《も》らした。

ゆっくりと、蛍に似た小さな光がくるくると回りながら飛んでくる。

数にすると十個程度。夜空を舞い、傷ついた者にそっと寄り添うように、そばへと来る。

紗奈の腕の中の雪斗の周りをただよっていたかと思うと、彼を癒《いや》すように体の中へと入っていった。

「なんだろう、すごくポカポカする……」

雪斗は自分の胸のあたりを撫でながら、不思議そうにしていた。

羽根が折れ、血が滲《にじ》んでいた八咫烏《やたがらす》の弥助とは違い、目で見ても傷が治ったのかはわからない。

しかし御神木の霊力は、彼の傷つき、苦しんだ『心』を癒《いや》したのだ。

「雪斗さん、体調はどう？」

紗奈が腕の中の雪斗に声をかけると、

「なんだか、気力が湧いてきたような気がします」

耳を立て、腕から地面へとぴょん、と跳び着地した。

「ありがとうございます。紗奈さん、白銀様」

今までの弱々しい表情ではない。初めて見る満面の笑みで、雪斗は笑った。

ピンとひげを張り、白い歯を見せて満足そうな顔。背筋はしゃんと伸びており、語気はしっかりとしている。

心の傷が治ったのかはわからないが、見るからに彼は生き生きとしていた。

紗奈はほっと胸を撫で下ろす。

「心の病《やまい》なんざ初めてだからどうなることかと思ったが、一件落着だな」

後ろで見守っていた白銀も、元気になった雪斗を見て満足そうだ。

御神木に宿る光達も、彼の回復を祝うかのようにちかちかと点滅した後、ゆっくりと光を消した。

心なしか毛並みや血色も良くなって見える雪斗に、安心する。

「でも、まだ本調子ではないだろうから、当分ゆっくり休んだ方がいいわ」

元気そうに見えるからといって、無理してはいけないのが精神疾患の肝《きも》だ。

御神木から霊力をもらったとはいえ、じゃあ明日からまた御成町で働きましょう、というのは辛いだろう。

「うちの社務所で良ければ、休養してもらっていいからね」

傷ついたあやかしのための社務所だ。いつでも使っていいと伝えると、雪斗はぺこりとお辞儀をした。

「ありがとうございます。でも……僕はすぐにでもまた、働きたいのです」

予想外の雪斗の言葉に、紗奈と白銀が目を見合わせた。

仕事で傷つき、弱っていたのだから、仕事場などしばらく見たくないのが普通だと思う。

人間でさえ、数週間から数ヶ月はゆっくり休むのがセオリーである。

心の傷は見えないが故《ゆえ》に、再発もしやすい。

「大好きな鎌倉を、住み良い綺麗な街にするお手伝いをしたいのです」

一点の曇《くも》りもない瞳。真っ直ぐな言葉は、地元を愛する者同士嬉しいことなのだが。

紗奈は頭を悩ませた。

その気持ちはとても嬉しい。嬉しいけれど、仕事の環境や人間関係が変わるか、本人の性格が変わらない限り、また同じ苦しみを繰り返すだけだ。

御成町の虎次郎含む猫又達が、愛想良く和気あいあいとした雰囲気になるか、雪斗自身の性格が、ミスしても気に病まないおおらかでポジティブな性格に変わるか。

しかしどちらも、そう簡単な話ではないだろう。

どちらかが変わらずに同じ職場に戻ったとしても、無理をした雪斗が再び心を病むのが目に見える。

彼の気持ちを無下《むげ》にすることもできず、紗奈は白猫の瞳を見ながらぐるぐると思いを巡らす。

すると、甲高く明るい声が境内《けいだい》に響いた。

「あらこんばんは、紗奈ちゃん。今日もお勤めご苦労様ねん」

声のした方を見上げると、手水舎《ちょうずや》の近くの木の枝の上に、ちょこんと小さなリスが座っていた。

鉄鼠《てっそ》の梅子だ。

「梅子ちゃん、お久しぶり。どうしたの？」

「お腹が減ったので夜食の調達よ」

手に持った木の実をくるくる回しながら、前歯を立てて笑っている。

春頃に慢性腰痛がひどく相談に来た梅子も、もうすっかり体調が良くなったようだ。

「相変わらず食いしん坊なもんだ」

「もう、白銀様ったら女の子に対ちて失礼なんですけどっ」

白銀がからかうと、頬袋を膨らませて拗《す》ねる梅子。

面白い奴が現れた、と笑う白銀と、夜食の木の実を食べつつ不服そうな梅子のやりとりに、雪斗は呆気に取られていた。

軽快な言い合いをしている二人の姿を境内の端からどこか羨ましそうに見つめ、尻尾を振っている雪斗。彼を見て、紗奈はぴんと来た。

「ねえ、雪斗さん。梅子ちゃんと一緒に働くっていうのはどう?」

「えっ?」

突然の紗奈の申し出に、雪斗は驚き耳を立てる。

彼は鎌倉の美化のために働きたい。猫又の陣取る御成通りと、鉄鼠《てっそ》達の職場の小町通りは、駅を挟んで反対側の商店街で、場所も近い。

仕事内容も、ゴミや野草を取り街を綺麗にすると、似ているようだ。

心の病《やまい》を治すため、いっそ職場を変えるというのは良い方法である。場所もそれほど遠くなく職務内容も似ているので、あとは先輩や上司達との相性が良ければうまくいくかもしれない。

マイペースでのんびりしており、なにを考えているかわからない猫又達より、ちょこまか走り回り、ちゃきちゃき場を仕切る鉄鼠《てっそ》達の方が、もしかしたら彼に合うのかもしれない。

猫又だからって、同じ種族で固まらねばいけない決まりなどない。人間の転職のように、自分に合う場所で伸び伸び輝くことが大事なのだ。

「僕にできるかな……。でも、興味あります」

紗奈の提案に戸惑ってはいたが、気になっている様子だ。

ここに梅子が来たのも何かの縁と、早速紗奈は話しかける。

「ねえ梅子ちゃん。小町通りのお仕事に、この猫又の雪斗くんをお手伝いさせてもらえないかしら」

「え？」

白銀とじゃれ合っていた梅子は、紗奈の言葉に驚くと、木の枝に座ったまま白猫の方へと視線を向けた。

緊張して背筋を伸ばす雪斗と、梅子の目が合う。

「うちはいつも人手不足で、確かに猫の手も借りたいけど……」

まさに猫又である雪斗は、自らの猫の手を挙げた。

桃色の肉球があらわになり、梅子が小さく噴き出す。

「なぁに、あなたうちで働きたいの？　あたちが紹介してあげてもいいわよ」

「い、いいんですか？」

「別にいいわよ。鎌倉に住むあやかちなら、みんな友達でちょ？」

木の実で頬袋をパンパンに膨らました梅子が、当たり前のように初めて会った雪斗のことを友達と呼び、笑った。

底抜けに明るい彼女の性格が、八方塞がりだった彼の状況を簡単に打破した。

「よ、よろしくお願いします！」

雪斗は嬉しかったのか、尻尾をピンと立てると、頭を下げて挨拶をした。

「元気な返事ね。先輩のあたちが、ビチバチ教えてあげるわん」

「はい！」

早くも楽しげに笑い合う二人は、なんだか良いコンビになりそうだ。

「おー、こいつは尻に敷かれるぐらいの方がちょうど良いのかもな」

白銀は急展開に驚いていたが、紗奈と同じく、働き場所を変えるのには賛成なようだ。

「雪斗が元気にやってれば、虎次郎も安心するだろ」

友人の心配をしていたらしい。長老猫又の虎次郎は、部下が違う場所に行っても伸び伸びとやっていれば、きっと喜んでくれるはず。

「じゃあ、少し休んだら小町通りにお世話になろうかしら。梅子ちゃん、よろしくね」

紗奈の言葉に、任せといて、と梅子は自身の胸を叩く。

「いじめられたら、また相談に来いよ」

白銀が雪斗に耳打ちをするものだから、梅子が噛みつく。

「もう、本当に白銀様って一言多いっち！」

失礼ちゃう、と怒る梅子に笑う白銀。いちいち反応してくれるのが楽しくて仕方ないのだろう。

白銀の言葉に言い返す梅子を見て、雪斗は新たな職場の同僚に、緊張と期待を抱いているのがわかった。

彼がもう二度と、食事も喉を通らないほど傷つくことがないように、と紗奈は願った。

＊　＊　＊

もっとゆっくりしていけばと促したが、結局雪斗は数日社務所で休んだあと、すぐに新しい職場である小町通りに向かった。

御神木からの霊力をもらい、元気になったとはいえ、無理をしないか少し心配だ。

それから数週間後、秋風は日に日に冷たくなり、木枯らしが吹く季節。

社務所の中にもそろそろ暖房をつけた方がいいかしら、と隅に置いてある電気ストーブを眺めながら、紗奈はせっせと破魔矢作りに勤《いそ》しんでいた。

年に一番の繁忙期の年末年始、三ヶ日はもうそんなに遠くはない。

ガラガラ、と扉の開く音がした。

閉めていた社務所の引き戸を乱暴に開け、中に入ってきたのは長い銀髪をひとつに束ねた天狐《てんこ》である。

「なあ、鳩クッキーを買いに小町通りに行ったんだけど」

紗奈が仕事中なのもお構いなしに話しかけてくる。

白銀の手には、黄色い缶があった。

その四角い缶は、両手で持たねばいけないほど大きい。白い鳩が蓋に描かれており、鎌倉を代表する老舗《しにせ》のお菓子だ。観光客や地元の人に人気である。

好物が買えたと上機嫌な白銀に、紗奈が呆れる。

「それ三十八枚入りですよね？　一人で食べるんですか」

「一番多い四十八枚入りだ。お嬢ちゃんにも一枚やるよ」

お中元やお歳暮、冠婚葬祭用の一番大きい容量のものを買うなんて。そしてそんなにあるのに一枚しかくれないなんて。社務所の茶菓子としてストックさせてほしい、と紗奈は口を尖らす。

「いいからこれを見てくれ。面白い記事が載ってる」

机の上に鳩クッキーの箱を置き、自身の羽織の袂《たもと》から取り出した冊子を紗奈に手渡した。

作りかけの破魔矢を横に置いて受け取る。

『小町通りの看板にゃんこに癒《いや》されて』

大きな文字で書かれた、鎌倉のフリーペーパーだった。

人気の甘味処《かんみどころ》や、知る人ぞ知る穴場を教えるそれは、観光局が作っており、毎月発行されていて街角やお店の中で無料でもらえる雑誌だ。

「え、これ雪斗さんじゃない……！」

表紙には、小町通りの中心で目を細め、笑っているように見える雪斗の写真が使われていた。

急いでページをめくると、さまざまなポーズや表情の雪斗の写真が載っている。

『小町通りにいる、真っ白な毛並みのオス猫が、可愛いと話題だ』

『落ちた空《あ》き缶を口で拾い、ゴミ箱へ入れる様子に周りから拍手が上がった』

『町の看板にゃんことして、地元民からも観光客からも愛されている』

話題を聞きつけた観光局の編集者が書いたであろうアオリ文は、とても温かい文章だ。

缶をくわえてゴミ箱に入れる瞬間や、道の隅で観光客に頭を撫でられ甘える姿、クレープ屋の主人に声をかけられているところ。何枚も彼の写真が使われている。

小町通りの宣伝にもなるし、これを読んだ人達は可愛い猫の姿に癒《いや》され、行ってみたいと思うだろう。

「良い顔してる」

白銀が指差した白い猫は、耳と尻尾を立て、カメラに目線を向けている。

その顔はどこか、照れ臭そうでもあり、誇らしそうでもある。

「看板にゃんこだなんて、きっと楽しくやってるんでしょうね」

明るい梅子のおかげだ。他の鉄鼠《てっそ》達ともうまくやれるよう根回ししてくれたのだろう。

自分らしくマイペースに、楽しく仕事をするのが一番だ。

ページをめくると、楽しげな雪斗の姿に自然と笑みがこぼれてくる。

今度、電線を走るリスと、街を綺麗にする白猫に、鳩クッキーでも持って挨拶に行こうと紗奈は思った。

第四章　鎌倉山、無保険の天狗《てんぐ》

真っ暗な中、懐かしい声が聞こえる。

『産まれたばかりですが、あまり泣かず、母親の乳も飲まなくて……』

聞き馴染《なじ》みのあるその声の持ち主は、心配そうに呟いた。

『この子の名前は？』

違う声色が尋ねる。

『紗奈です。半月前に産まれた私の娘です』

乳飲み子の自分を不安げに抱いているのだろう。父の腕の中で揺らされているのを感じる。

『そうか。……強い子に育つんだぞ』

父の話し相手がそう呟くと、自分の体が温かくなるのを感じた。

閉じた瞼《まぶた》の裏で、柔らかな光が灯っているのが微かに見えた。

『良い子だ』

そう言って優しく額を撫でる、大きな手のひら。

＊　＊　＊

ふと目を覚ますと、机の上に散乱している健康保険の参考書やノートの文字が目に入ってきた。

社務所で勉強をしていたところ、思わずうたた寝をしてしまったようだ。

紗奈は軽く伸びをし、体が冷えたため小さく身震いした。

「……なんか不思議な夢を見た気がするけど、なんだったんだろう？」

休憩中の昼寝で見た夢は、目を覚ますとすぐに頭の端から消えていく。

ただ、どこかで聞いたことのある声と、温かな光を感じた気がした。

＊＊＊

師走《しわす》という名前の通り、走り回って慌ただしく過ぎていく季節。

鎌倉の冬は、おせちの準備のために商店街へと買い物客が来るため、年越しの用意でどの店も忙しそうにしている。

桜霞神社も年末年始、三ヶ日は一年で一番参拝客が来る時期なので、やることはいくらでもある。

神主の父親、巫女《みこ》や事務の方々が駆け回る傍《かたわ》ら、紗奈は休憩所の中にある給湯室にいた。

炊飯器がピピピ、と炊き上がり完了の音を奏でたので、蓋を開けてしゃもじでかき混ぜる。

茶碗によそってから軽く冷まし、具材を入れていく。

鮭フレークに、刻んだシソと白胡麻を入れ、ラップに包み三角に握っていく。硬く握りすぎると米粒が潰れてしまうため、形を整えるぐらいで軽く。

リズム良く三つほど握り、次はハケで醤油《しょうゆ》を塗りつけ、オーブンに入れる。

約三分。香ばしい匂いが辺りに漂《ただよ》い出したら完成だ。

お皿に湯気《ゆげ》を上げている三つのおにぎりを盛り、それを片手に社務所へと戻った。

ちょうど扉を開ける時に、夕方の空を二羽の鳥が飛んでいるのが見えた。

人間には聞こえないあやかしの言葉で空から呼びかけている。

「本日は師走《しわす》の霊力奉納の儀、繰り返す、本日は霊力奉納の儀」

「みんな忘れずになー！」

二羽の鳥は大空を飛んでいたが、紗奈の姿を見ると社務所のそばへと羽ばたき、開けていた扉から社務所の中へと入ってきた。

翼をはためかせながら、ゆっくりと座布団の上へと着地する。

八咫烏《やたがらす》の弥助と、夜雀《よすずめ》の栗太だ。

弥助からの夏の相談以来、加害者と被害者だったはずの二人はいつの間にか意気投合したらしく、二人でよく行動をしている。

そして、紗奈は約束した通り、毎日彼らにおにぎりを作って渡している。

美味しい食べ物が欲しくて、トンビに化《ば》けて屋台の食べ物を奪っていた栗太も、人間を襲うのはすっかりやめたようだ。怪我人が出なくなって、海の治安も良くなった。

初めは、仕事が増えてしまったなあと面倒に思っていた紗奈だったが、弥助と栗太が毎日美味しそうに完食してくれるから、最近は具材が被らないようにと色々な種類のおにぎり作りに挑戦している。

一日の業務の終わる時間、少し疲れたところで、鳥のあやかし二人とたわいもない世間話をしながら休憩するのが、紗奈の日課になっていた。

「じゃーん、今日は鮭とシソの焼きおにぎりよ」

紗奈が二人の前の机におにぎりを載せた皿を置くと、感嘆の声が上がった。

「とても香ばしくて期待できますね」

「うまそうじゃん！　腹減ってたんだよなぁ」

二人は目を輝かせている。取り皿にひとつずつ載せて渡すと、いただきます、と羽根を合わせて食べ始めた。

くちばしでつつき、口いっぱいに食べ進める。

「んー、んまい！　鮭とシソって合うんだなぁ」

夜雀《よすずめ》の栗太は、見た目は公園の木にとまっている野生のスズメと同じだ。とても小さい体なのに食欲は旺盛《おうせい》で、毎日おにぎりを食べては味の感想を言っている。

意外とグルメで、忙しくて塩むすびしか作れなかった日は、もっと具を入れてくれと文句を言っていた。

「白胡麻が良い味を出していますね」

八咫烏《やたがらす》の弥助は、怪我も治りすっかり元気である。彼は塩むすびだろうが文句を言わずにこにこと食べてくれるのだが、ちょっとした隠し味にも必ず気がついてくれるので、料理人冥利《みょうり》に尽きる。手を込めたところを弥助に褒めてもらえると嬉しくて、おにぎりのレシピ本を買って読み込み、毎日研究しているほどだ。

今日の鮭とシソの焼きおにぎりも気に入ってもらえたようで良かった。紗奈はほっと胸を撫で下ろす。

「二人とも今日はお疲れ様。奉納の儀をみんなに伝えるの、大変でしょう」

無心でおにぎりをつつく二人が、紗奈の言葉に顔を上げた。

「いえ、誰かがやらねばならないことです。お気になさらず」

「ほんと、疲れたからねぎらってくれよな！」

謙虚で穏やかな弥助と、元気でやんちゃな栗太は、全く正反対の性格をしている。

だから仲良くなれたのだろうか。

霊力奉納の儀、というのは、毎月一日に行われるあやかし達の大切な儀式である。各々《おのおの》が蓄えている霊力の一部を、桜霞神社の御神木に捧げる日だ。

鎌倉全土には、数百ものあやかしが存在しているという。わかっているだけでそれだけ存在するのだから、本当は隠れてもっといるのかもしれない。

三年前にあやかしの健康保険制度として、御神木に霊力を毎月蓄え、怪我や病気をした時に給付を受けられるようにしているのだ。

会社勤めしている人間だったら、社会保険料として毎月給与から天引きされているし、自営業や高齢者は、国民健康保険料として毎月自分で支払っている。

それと同様に、あやかし達はお金の代わりに、毎月一日を霊力を納める日として、奉納の儀を行うのだ。

やり方は簡単。日が沈んでから夜が明けるまでの間に、『御神木様に捧げます』と心の中で念じ、霊力を渡すだけだ。

霊力の光は導かれるように御神木の下へと飛んでいき、その葉の中にきらめく光として蓄えられる。

ただ、人間と違い、日付など気にせずのんびり日々を過ごしているあやかしも多い。

奉納の儀式の日だということをすっかり忘れてしまう者もいて困っていた。

霊力を納めないと、万が一怪我や病気をして霊力を失った時に、御神木から霊力を受け取れないのだ。

人間で言う、『無保険』状態になってしまうあやかしが多いと、この制度を作った意味がなく元の木阿弥《もくあみ》だと、紗奈は頭を悩ませた。

そこで、夏以降毎日社務所におにぎりを食べに来る、弥助と栗太の二人に、奉納の儀当日に鎌倉中のあやかしに声かけをするようお願いしたのだ。

翼を持っている彼らならば、遠くまで行くのも容易《たやす》いはずだ。空の上から飛びながら、今日が奉納の日だと伝えれば、すっかり忘れていたあやかし達も思い出し、無保険になることは避けられるだろう。

最初にお願いした時、夜雀《よすずめ》の栗太は面倒臭いだの、なんで俺がだのとブーブー文句を言っていたが、弥助はいつも食事をいただいているお礼に、と快諾をしてくれた。

栗太も最終的には月一なら仕方がないと納得し、鎌倉の東側を弥助、西側を栗太が飛び、空から声をかけるのが毎月の恒例となってきた。

そのおかげか、この数ヶ月霊力の納め忘れをするあやかしが減ってきている。

紗奈は美味しそうに焼きおにぎりをつつく二人に感謝しながら、自分用に作った三つ目のおにぎりを手に取った。朝から雑用をこなしていたせいで、小腹が減ってしまった。

鮭とシソの焼きおにぎりは、自分でも食べたいと思った自信作だ。

今まさに口を開けて食べようとしていた紗奈の後ろから、音もなく近寄っていた青年が、声をかけてきた。

「うまそうな握り飯だな。俺の分か？」

振り返らなくてもわかる、白銀だ。

紗奈の隣の座布団にどかりとあぐらをかいて座り、金色の目を見開いて紗奈の持っている焼きおにぎりをロックオンする。

「食べるのか？　食べてもいいが、そしたら俺にも作ってくれよ」

紗奈はおにぎりと白銀の顔を交互に見て、肩を落とした。

毎日ちょっかいを出しにくるものだから、最近は白銀が来ない時間を狙って三人でこっそり食べているというのに。そんなことはお見通しだ、と言わんばかりに、机に肘をつき白銀が紗奈の返答を待つ。

弥助はやれやれと苦笑し、夜雀《よすずめ》は自分のおにぎりをつつきながら、俺のはやらねぇぞ！　と威嚇《いかく》している。

「……半分こしましょう」

「そうこなくっちゃあ」

我ながら良くできた自慢のおにぎりを食べたい、でも食べたあとにもう一個白銀用に作るのは面倒臭い。

葛藤した挙句、おにぎりを半分にして白銀に渡した。

味わうなどと情緒のあることはせず、大口を開けて一口で食べた白銀は、上機嫌に耳をぴくぴくと動かした。

おにぎりの取り合いをしていたら、外はすっかり日が暮れていた。

冬になるにつれて日の入りの時間は早くなるため、霊力奉納の儀を長い時間行うことができる。

「お、早速来たみたいだな」

社務所の窓から外を眺めていた白銀が指を差す。

小さな霊力の光が、風に舞いながら鳥居の上を飛んでいた。

どこかのせっかちなあやかしが一番先に奉納したのだろう。御神木のてっぺんにたどり着くと、光はちかちかと点滅した。

それが口火になったのか、堰《せき》を切ったように、四方八方から霊力の光が夜空へ向かって飛んできた。

鎌倉中のあやかしが、毎月一日に御神木へと祈りを捧げる恒例行事。

光の軌跡を残しながら空へと飛んでいく様は、まるで季節外れの花火のようで、何回見ても見惚《みと》れてしまう。

「俺達も納めなくちゃな」

「ええ」

外の様子を見ていた栗太と弥助が、窓の桟《さん》に飛び乗り両側の翼を折り重ねた。まるで人間が両手を重ね祈るようなポーズで、目を閉じる。

すると、二人の体から小さな光が現れた。

御神木に納める霊力は、各々《おのおの》の持っている潜在的な量によって変わる。霊力の多い者は多く、少ない者はその分少なく納める。

人間社会で、金銭的に裕福な人の方が保険料や税金が高いのと同じだ。

八咫烏《やたがらす》の弥助の方が、夜雀《よすずめ》の栗太よりも体も秘めた霊力も大きいのだろう。弥助からはテニスボール、栗太からはピンポン球ほどの光が放たれ、ふたつは真っ直ぐに御神木へと飛んでいった。

月に一度祈るだけで、もし体調を崩しても今まで自分が納めた分、もしくはそれ以上の霊力を給付されるのだから良い制度だと思う。

紗奈は御神木に光が集まっていく、その幻想的な風景を眺めながら微笑んだ。

＊＊＊

一晩明けて次の日の朝。

朝の身支度を終え、紗奈はほうきを持ち、境内《けいだい》の前の枯れ草を掃除していた。

冬の朝は寒い。内側に使い捨てカイロを貼ったコートにマフラーをつけて、ちりとりに木の葉を入れていく。

昨日奉納の儀が行われたばかりの、天高くそびえ立つ御神木は、夜が明け日が出た今は普通のイチョウの木にしか見えない。

「おはようございます、紗奈殿」

「おはよう弥助さん。朝早くお仕事ありがとう」

その御神木の周りを、弥助が飛び回っていた。いえいえ、わたくしの仕事ですので、と相変わらず謙虚で大人な八咫烏《やたがらす》である。

弥助は、御神木に収められた霊力の「霊脈」を確認しているのだ。

人間は、指紋や瞳の中の虹彩《こうさい》が個人によって違うため、よく生体認証に用《もち》いられる。あやかしの場合は霊力によって様々な形に化《ば》けることができるため、指紋などは当てにならないが、その元となる霊力は、一人一人違うのだ。

紗奈にはさっぱりわからないけれど、霊力を見ると波動や色、動きや光の強さ、模様なども個々によって違うらしい。

あやかし同士では霊力の光を見ると、ああ、あいつのか、とわかるようだ。

三年前、龍神と白銀が三日三晩喧嘩をし、由比ヶ浜の上空に大きな閃光を放つ雷が落ちたのを見たが、あれは白銀の霊力だったということか。

とんでもなく大きく、目がくらむほど眩しかったのをいまだに覚えている。

弥助は、毎月奉納の儀の際に納められた霊力をひとつひとつ確認し、納め忘れがないか確認しているのだ。

毎月一日と決まっていて、忘れないように弥助と栗太が昼に呼びかけてはいるが、忙しくて暇がなかったのか、うっかりか、はたまたわざとかはわからないが、何人か納めない者が必ずいる。

鎌倉のあやかしの義務だと三年前に決まったからには、参加しなければいけない。そのため、次の日には誰が納めたかを逐一《ちくいち》チェックをするのだ。

あやかしの数は数百にも及ぶというのに、一人一人の霊脈を暗記している弥助は天才的な記憶力の持ち主だ。

栗太にも以前、霊脈を覚えて弥助の手伝いをするようお願いしたのだが、早々にギブアップした。彼は堂々と朝寝坊をし、今もすやすやと社務所で寝ている。

「ざっと見た感じですが、五人ほど納め忘れているみたいですね」

黒い羽根を羽ばたかせながら、弥助はイチョウの木の中を厳しく見つめ、霊脈を読み取る。もはや職人技と言っても過言ではない。

「鉄鼠《てっそ》と猫又、豆狸と鎌鼬《かまいたち》ですかね。多分寝過ごしたか、うっかり忘れたのでしょう」

小町通りの鉄鼠《てっそ》と、御成町の猫又は数も多いからうっかり者も中にはいるだろう。豆狸と鎌鼬《かまいたち》は、気性が穏やかな者が多い。寒くなっていたので、温かい巣の中で居眠りをしていて弥助と栗太の呼びかけに気がつかなかったのなら頷ける。

「あと一人は……天狗《てんぐ》様ですね」

弥助は顔をしかめて、最後の一人を告げた。

奉納の確認をするだけでなく、忘れている者へ催促に行くのも弥助の仕事だ。人間も、保険料を払い忘れている人や会社に督促《とくそく》の書類が送られる。柔和な彼がやんわりと注意すれば角も立たず、素直に応じてくれることが多い。

しかし、天狗《てんぐ》は別だ。

鎌倉山の奥深くに住むという天狗《てんぐ》は、人型のあやかしだ。

白銀と同じく、人型に化《ば》けられるあやかしは、強大な霊力を持っていることが多い。天狗《てんぐ》も、その例外ではない。

彼は非常に寡黙《かもく》で、誰とも馴れ合うことをせず、一人静かに山の中で暮らしているという。

青年の背格好をしているという天狗《てんぐ》は、その強さゆえに、御神木に霊力を預ける保険制度に興味がないのだとか。

何度も弥助が呼びかけても、首を横に振り、奉納の儀には一切参加する気がないようだ。

「気難しい方なので、今回も門前払いをされるでしょうが……」

快《こころよ》く仕事を請け負ってくれた弥助でさえ渋い顔をするほどの、訳ありなあやかしだ。

「ごめんね、弥助さん。面倒なことを押しつけて……」

しおらしく紗奈が謝る。

「いえいえ、普段は目的もなく空を飛び、木の実を食べるだけのわたくしに、毎日美味しいおにぎりを作ってくださる紗奈殿の願いですから。このぐらいは大したことございません」

弱音を吐いたのを撤回するように、弥助は紗奈の目の前で羽ばたいた。

堅物で要注意人物の天狗《てんぐ》に、毎月注意をしに行ってもらうのは気が引けるが、気にしないでください、と弥助は紗奈をなだめる。

そんな二人の会話に混ざるように、石段の最上段から最下段まで、一足で飛び降りた影がひとつ。木枯らしが舞い、軽《かろ》やかに音もなく着地をする。

「おう、弥助。ご苦労だな。催促に行くついでに、何か商店街にうまそうなもんがあったら教えてくれよ」

朝日を浴びて銀の髪が輝く。白銀は伸びをして、尻尾を勢い良く振っている。

「もう、弥助さんは遊びに行くんじゃないんですからね」

マイペースな白銀は紗奈の注意を聞き流している。

「ふふ、帰りに新しい甘味でも探してみます」

弥助は優しく返答し、行って参ります、と一言告げ朝焼けの空へと飛び立った。

大きく広げた黒い羽根を打ちながら、すいすいと優雅に飛んでいき、あっという間に視界から見えなくなる。

白銀は毛に覆《おお》われた狐の耳を掻《か》き、まだ眠そうにあくびをする。

「はぁ、腹が減った。昨日誰かが半分しか握り飯をくれなかったから、空腹で死にそうだ」

横でほうきを持っているその「誰か」である紗奈に嫌味っぽく言いつつ、お腹をさする白銀。

「鳩クッキーでも食べればいいじゃないですか」

「とっくに食い終わった」

唇を尖らせて抗議する紗奈に、あんな美味い菓子、すぐに食べ終わるに決まってるだろ、と返す白銀。

「ちょうどいい、寒いし焚き火《たび》でもして焼き芋焼こうぜ」

紗奈が掃いて地面に集めた枯葉の山を指差し、良い提案だと言わんばかりに手を打つ。

「ダメですよ、火事にでもなったらどうするんですか」

神聖な神社の境内《けいだい》の前で焼き芋を焼くなんて、ばちあたりだろう。

確かに深々と冷えるこの時期には、ほっくりと温かくて甘い焼き芋が食べたくはなるが。駅前のスーパーで買ってきた方が安全だ。

白銀がすぐ文句を言うかと思いきや、火事、という単語に反応した。

「あー、昨日は消防車の音がうるさくて眠れなかったよ」

あくびを噛み殺しながら、白銀は顔をしかめる。

「消防車のサイレンですか？　私は聞こえませんでしたが」

「まあだいぶ遠かったからな。結構な台数出動していたみたいだ」

「あら……冬は空気が乾燥してるから、気をつけなきゃですね」

狐耳の白銀は、人間では聞き取れない距離の物音も聞こえるのだろう。紗奈は社務所奥の自室で安眠だったが、サイレン音で眠りを妨害されたらしき白銀は、なんだか機嫌が悪い。

隣町かもしれない、被害が少ないといいな、と思いながら枯れ草をちりとりに入れた。


もう一眠りする、と言い残し、白銀は社務所の客間の布団に大の字で寝てしまった。

参拝客が来る前に境内《けいだい》を掃除し、社務所で事務作業や経理の手伝いをし、お守りや破魔矢の製作をし、空《あ》いた時間には健康保険の勉強。

師走《しわす》の慌ただしい時期は休む暇もない。分刻みで行動する紗奈がいる社務所の奥で、いびきをかいて寝ている天狐《てんこ》に、洗濯バサミで鼻をつまんでやろうかと思った。

ふと社務所の窓の外を見ると、昼間だというのにふわふわと霊力の光がひとつ、御神木に向かって飛んでいるのが見えた。

おっちょこちょいの誰かが奉納し忘れて、弥助に注意されて慌てて霊力を送ったのであろう。方向からして小町通りからなので、梅子の知り合いの鉄鼠《てっそ》かもしれない。

奉納忘れの五人に、直接注意をしに飛んでいっている弥助の仕事の成果である。

そろそろ帰ってくるかな、弥助さん。疲れているだろうから、今日は早めにおにぎりを作ってあげようか、と紗奈が机の上の書類を整理していたところ、視線の先に黒いカラスが一直線に飛んでくるのが見えた。

ああ丁度弥助さんが戻ってきた、と思うも、いつもの優雅にゆったりと羽ばたく彼ではなく、上空から急降下し、出せる最速のスピードでこちらへと向かってきているのがわかった。

何事だろう、と紗奈が社務所の窓を開けると、数拍遅れて弥助がすごい勢いで飛び込んできた。

ばさばさっと翼を打つ音が部屋中に響き渡り、黒い羽が数枚舞う。

「た、大変でございます。どうしましょう」

いつも冷静な弥助が、声を荒らげて焦っている。

「落ち着いて、一体どうしたの？」

黒々とした弥助の瞳を見つめながら、落ち着くよう紗奈が問うと、

「鎌倉山の天狗《てんぐ》殿が——倒れてらっしゃいました」

信じられないものを見たように、弥助が怯えつつ語った。

「天狗《てんぐ》様が、倒れてた？」

紗奈が聞き返すと、弥助は何度も頷く。急いで飛んできたため息が切れて苦しそうなので、すぐに近くにあったペットボトルの水を皿に入れ差し出した。

喉が渇いていたのだろう。皿にくちばしを突っ込み舌で水を舐めとっている。

すぐに飲みきり、ありがとうございます、とお礼を言って紗奈へ向き直った。

「はい、霊力の奉納をするよう呼びかけるために、鎌倉山の天狗《てんぐ》様の住処《すみか》へと行ったのですが、窓から家の中を覗いたら、床に倒れてピクリとも動いておりませんでした」

「ね、寝てたとかではなく？」

「わたくしのくちばしで何度も窓を叩いて声をかけましたし、寝ているだけなら気がつくはずです。汗もひどくかいていて、顔色も悪うございました……」

弥助は見たままを告げ、心配で顔を曇《くも》らせている。

奉納の儀に参加しない、堅物で偏屈な天狗《てんぐ》だと聞いてはいるが、体調が悪いなら確かに放ってはおけない。

「平気だろ、鞍馬《くらま》がそんな簡単にくたばるわけがない」

男の声がしたので振り返ると、奥の客間で二度寝をしていた白銀がいつの間にか起きており、襖《ふすま》に寄りかかりながら腕を組んでこちらを見ていた。

弥助の言葉を信じていないようだ。

「くらま？」

「天狗《てんぐ》の名前だ。鞍馬天狗《てんぐ》。千年以上前からいる人型のあやかしだから霊力も強い。大袈裟《おおげさ》だろ」

昼寝で乱れた髪を直しつつ白銀が告げると、弥助は少し口ごもる。

「わたくしもそう思ったのですが……どうやら昨日の夜、鎌倉山で火事があったみたいでして」

え、と紗奈が目を見開く。

「山の一部は火災で焼けてしまっており、辺り一面焦《こ》げ臭かったです。推測ですが……天狗《てんぐ》様は鎮火するために尽力され、ご自身の霊力を使われたのではないでしょうか」

火事、という言葉に疑っていた白銀も驚いた。

紗奈は慌てて社務所の机の上に駆け寄り、置かれている物を手に取った。

忙しくてまだ目を通せていなかったそれは、毎朝社務所に届く鎌倉市の新聞である。

朝一で紗奈がざっと読み、最新の鎌倉の情報を入手した後、午後は休憩所に置き神主の父が読むというのが暗黙の了解となっている。

折り畳まれた今朝の朝刊を開く。

『鎌倉山にて火事、一晩経っても消えず』

一面に大きな文字で書かれていた。

登山口に何台もの真っ赤な消防車が止まっており、防護服を着た隊員がホースで消化活動をしている写真が載っている。

白い煙に覆《おお》われ霞《かす》んだ先に、放物線状にホースの水を飛ばしていた。

『昨夜未明より鎌倉山で起こった不審火は、直《ただ》ちに消化活動を行うも、鎮火までに時間がかかり朝方まで燃え盛っていた』

『近隣の住民は早急に避難をしたため、この火災による死傷者はいない』

と書かれている。

住民に被害がなかったことにほっと胸を撫で下ろしたが、写真を見るになかなかひどい有様だ。

「消防車の音はこれだったのか」

昨夜うるさくて眠れなかったと白銀が言っていたのは、この鎌倉山の火災に出動した時のことだったようだ。記事の痛ましさに顔をしかめる。

「ここ見てください！」

紗奈は新聞に綴《つづ》られた小さな文字を目で追いつつ、気になった文章を指差した。

『火の手が早く消火活動が難航していたが、朝方五時頃、一際強い竜巻が起こり、それにより火が弱まった。粉塵《ふんじん》や枯れ葉が四方へ飛んだことにより、燃える物がなくなったからだろう』

冬に起こる竜巻など聞いたことがない。まるで超常現象が起こったかのような文章だ。

弥助の推測は当たっているのかもしれない。天狗《てんぐ》のあやかしが、霊力を使って大規模な山火事を消してみせたのだ。

新聞を穴が開くほど見つめていた白銀は、ふう、と息をついた。

「……意外だな。鞍馬が人間を助けるだなんて」

名前を知っているぐらいだから古くからの知り合いなのだろう。人型のあやかし同士親交があるのかもしれない。

山火事が起こったため鞍馬天狗《てんぐ》が自らの霊力を使い火事を消した。その際に怪我を負ったか、霊力を使い果たしたかして、弥助の呼びかけにも答えられないほど衰弱しているのかもしれない。

「た、助けに行きましょう！」

山奥に住む孤独なあやかしだが、鎌倉山のために力を使ってくれたのだ。そんな人を放っておくことはできない。

「恥ずかしながら、わたくしのような小さき八咫烏《やたがらす》ではどうもできませんでした。お二人とも、天狗《てんぐ》様の様子を見に行って差し上げてください」

自らの無力さを嘆きつつも、少しでも早くこのことを伝えようと急いで飛んで帰ってきた弥助も、天狗《てんぐ》のことが心配なようだ。

「しょうがない、向かうか」

「はい！」

こんな記事を見てしまったら、安否が気になって仕方がない。

朝刊を机へ置くと、白銀は社務所の外へと出て桜霞神社を一望した。

十二月の外気は寒い。紗奈は急いで自分用のコートと、白銀用の白い羽織を持って後を追いかける。

どこか物憂《ものう》げな白銀は、数十段の高い石段を見下ろしながら息を吐いた。

見るだけで寒そうな格好の白銀に羽織を渡すと、彼は頷いて袖を通した。

「駅前まで行って、バスで三十分ぐらいですかね。それともタクシーを拾いますか？」

紗奈がスマホで目的地までの経路やかかる時間を検索していると、白銀はふっと鼻で笑った。

「そんな呑気《のんき》な」

「じゃあどうやって向かうんですか？」

紗奈の問いには答えず、その四角いやつは大事にしまっとけ、と手元のスマホを指差した。

言われた通り、コートのポケットへスマホをしまう。

「しっかり掴まれよ、お嬢ちゃん」

白銀は犬歯を見せて笑うと、たくましい両腕で紗奈を自分の胸元へと抱き寄せた。

何が起こったのかわからない紗奈が目を白黒させていると、白銀は左腕を紗奈の腰、右腕を膝裏へと添え、しゃがみ込み、よっこらせと持ち上げた。

ふわっと体が浮いたかと思うと、紗奈は白銀にいわゆる『お姫様抱っこ』をされていた。

「ななな、なに、なにするんですか……⁉」

頬が触れ、吐息がかかるほどの至近距離。

金色の目が瞬《まばた》きをし、こちらを覗き込んでいる。

「早い方がいいだろ、ここから跳んでいく」

「と、跳んでいくって……」

鎌倉山まではどんなに急いでも、車で三十分、徒歩なら一時間はかかるはずだ。

それではこの緊急事態に遅すぎるだろ、と白銀は当たり前のように呟く。

彼の熱い体温と、鼓動が伝わってくる。今までお姫様抱っこなどされたことのない紗奈は、自分の心臓が速く脈打っているのを感じた。

長い銀髪に、銀色の尻尾と耳が特徴的な天狐《てんこ》は、まつ毛まで銀色なんだな。紗奈は赤くなる自分の頬を感じながら、急な事態に混乱してトンチンカンなことを思った。

「俺が男前だからって、そんな見惚《みと》れるなよ」

「み、見惚《みと》れてなんて……」

抱えられた状況でどこを見ればいいのか。間近の白銀の顔しか見られないと焦っていると、

「しっかり掴まってな」

とだけ言い、白銀は膝を折り曲げ反動をつけ、遠く高く師走《しわす》の空へと跳び上がった。

社務所やお賽銭箱のある本堂前から、数十段ある石段を一気に飛び降りる。

その後助走をつけ、今度は長い石畳の先にある神社の入り口の鳥居の上まで跳ね上がった。

いつも白銀がお気に入りの場所として居座っている大きな鳥居の上に、軽《かろ》やかに着地をする。

右には境内《けいだい》から石段、本堂が見え、左には鎌倉駅へと続く段葛《だんかずら》のまっすぐな道と商店街が見える。

鳥居は毎日目にする桜霞神社のシンボル的存在だが、まさかその上から景色を見下ろすことになるなんて、夢にも思っていなかった。

「小町通りを突っ切っていくぞ」

辺りを見渡していた白銀は、最短ルートを見つけ声をかけると、紗奈の返事を待たず再び跳び上がる。

視界の端に、唯一神社で紗奈以外にあやかしを見ることができる神主の父が、白銀に抱えられ大空へ跳んでいく娘を確認し、本堂の前であんぐりと口を開けているのが見えた。

父も、まさか我が娘が祀《まつ》り神《がみ》に連れられて、鎌倉山に行くことになるなど想像もしていなかったであろう。

白銀はいつも軽々と鳥居から境内《けいだい》まで跳んでくるため、当たり前だと思っていたが、やはりあやかしとはいえ異常なまでの跳躍力だ。

ふわっと五臓六腑《ごぞうろっぷ》が浮くような感覚の後、下降が始まると重力に押しつぶされ、非常に気持ちが悪い。

絶叫マシンが苦手で、テーマパークに行っても急上昇、急降下、急旋回を繰り返すジェットコースターを楽しむ友人達を下から見ながら、子供用のメリーゴーラウンドに乗っているような紗奈だ。怖いどころの話ではない。

「ひいいいぃぃぃ……！」

「どっからそんな声が出るんだよ」

耳元から聞こえる声に、白銀が呆れて眉を寄せる。

きゃあ、とか女の子らしい可愛い声を上げたいと自分でも思うが、そんな余裕はない。

歯を食いしばり、口から漏《も》れるのは情けない悲鳴だ。

黒い暖簾《のれん》に『蒲焼《かばやき》』と書かれた老舗《しにせ》のうなぎ屋の瓦屋根の上に跳び乗る。昼時のためほのかに香ばしいうなぎの匂いがした。

次の瞬間には空中にいて、白い壁が目印の、ホットケーキの美味しい昔ながらの喫《きっ》茶店《さてん》の屋上に着地した。

一回の跳躍で五十メートル近くは進めるようだ。瞬《また》く間に鎌倉駅まで来てしまい、バスロータリーに止まるバスの屋根に乗った。

駅前は人通りも多い。あやかしである白銀は一般人には目視できないとはいえ、紗奈のことは見えるはずだ。

バスの上に、お姫様抱っこの体勢で浮いている女性がいる、と警察に通報されたり、写真を撮《と》られてネットに拡散されたりしたらどうしよう、と急に肝《きも》が冷えた。

「だ、駄目です白銀様。周りの人に見られます……！」

白銀の腕の中にいる紗奈が、バスの下を行き来する人混みから隠れるように、手のひらで顔を覆うが、はあ、と白銀は生返事をする。

「霊力の帳《とばり》で、外からは見えないように包んでいるから大丈夫だよ」

当たり前だろ、と白銀は呟く。

霊力はそんな使い方もできるのか。周りに怪しまれないために、ベールに包むみたいに隠しているようだ。

猪突猛進で自分勝手だが、気配りはできるのだなと安心し、紗奈が手のひらを下ろしたのも束の間、白銀はすぐに駅の隣にある商業ビルの上へと跳び上がる。

三半規管の弱い紗奈は、全身を駆け巡る気持ち悪さに気を失いそうになった。

恥ずかしいなどと言っていられない。必死で白銀の首元に腕を回して体を強ばらせる。

白銀が跳躍する度にひとつに結んだ銀髪が風になびき、金色の瞳は目的地をまっすぐに見つめている。

その横顔を見つめながら、到着した頃には天狗《てんぐ》ではなく、自分の方が倒れそうだ、と紗奈は心の中で嘆いた。

＊　＊　＊

浮遊感に耐えて恐ろしい数分間を過ごしていたら、視界に映る景色が変わってきた。人波やお店、駅から、徐々に木々などの緑色の自然が広がってくる。鎌倉山に近づいてきたのだろう。人通りの多い観光地から、閑静な住宅街まで来てしまった。

芸能人や著名人の別荘地としても人気の鎌倉山は、ぽつんぽつんと豪邸が建っているのが見える。ルーフバルコニーや円形のバスタブ、ガラス張りのおしゃれな家が見え、いつかあんなところに住んでみたいなぁと思った。

広葉樹も十二月となると葉は全て落ちてしまっている。一際高く伸びた木の太い枝に掴まった白銀が、鎌倉山の景色を見下ろし目を細めた。

「……結構ひどい有様だな」

白銀の声に、恐る恐る紗奈も顔を動かし下を見る。乗っている枝はマンションの五階はありそうな高さで一瞬めまいがしたが、すぐにその光景に息を呑んだ。

昨晩の山火事で燃えてしまったのであろう。灰となった真っ黒な地面は文字通り焼け野原で、見渡す限りそれが広がっている。

たまたま人間の住む建物の無い場所だったため、被害がなかったのは不幸中の幸いだったが、無惨にも焼かれ、倒れた木々が痛々しい。

懸命な消火活動で鎮火されたとはいえ、焦《こ》げた香りが辺りに充満し、白い煙で空気が霞《かす》んでいる。

目を凝《こ》らすと、何人かの警察官が立ち入り禁止のテープを貼り、現場検証をしているところもあった。放火などではないか調べているのかもしれない。

「こんなに広く焼けてしまったんですね。そんな火を消すって、相当大変だったのでは……」

まだ会ったことはないが、たった一人で火を消したという天狗《てんぐ》が、とても勇敢に思えた。

紗奈の言葉に、白銀が顔をしかめる。

「あいつの家はあの辺だ。もうひとっ跳びいくぞ」

両腕で紗奈を抱えているため、顎《あご》を動かして方向を示す。

紗奈の視力では天狗《てんぐ》の家とやらは見えなかったが、白銀の金色の瞳では捉えているらしい。

頷くと、枝を蹴り白銀が空を駆ける。重力に身を任せるように、紗奈は目を瞑《つぶ》って息を吸った。

着いたぞ、という白銀の声に目を開けると、いつの間にか彼は高い木の枝の上ではなく、地上に立っていた。

紗奈の膝の後ろに回していた手をゆっくりと離し、両足を地面へつけるように促す。

白銀は極力優しくしてくれたのはわかっているが、脳みその中までぐるぐると回っている感覚でよろめいた。支えられながら、なんとか自力で立つ。

ポケットからハンカチを取り出し、気持ち悪さが込み上げた口元を押さえた。落ち着いた後、額の汗を拭《ぬぐ》う。

さすがに気の毒に思ったのか、紗奈の背中をさすった後、白銀は目の前の家を指差した。

「あそこが鞍馬の住処《すみか》だ」

そこにあったのは、先ほど見た別荘地の豪邸とは違い、こじんまりとした平家だった。山小屋というのだろうか。丸太でできた三角の屋根が特徴的な家である。

大きく息を吸い、行きましょう、と紗奈は枯葉を踏み天狗《てんぐ》の住処《すみか》へと歩み寄った。

木でできた扉にはチャイムが無いため、コンコン、とノックをするも、返事がない。

家の周りをぐるりと回ると、小さな窓がひとつあった。

紗奈は背伸びをして中を覗き込んだ。

薄暗い室内からは物音ひとつせず、人がいるかどうかもわからなかった。

部屋の中心には囲炉裏《いろり》があり、端には薪《まき》をくべる暖炉がある。昔ながらの古民家といった内装だ。

じっとその部屋を見渡し、目が慣れた時にやっと気がついた。

窓から見て最奥の床に、黒装束の男性が倒れ込んでいることに。

暗闇に黒い服、黒い髪なのですぐには気がつかなかった。

表情は見えないが、ぐったりと力なく、床へと身を投げ出している。

弥助の言っていた通りだ。彼が見つけてから数十分は経ってしまっている。早く助けなければ。

「どうしよう、ドアは開かないし、窓も……！」

スライド式の窓を横に開けようとするも、鍵がかかっていて紗奈の力ではびくともしない。

後ろから窓の中を覗き込んでいた白銀は紗奈に声をかける。

「一歩下がって、耳を塞いでなお嬢ちゃん」

言われた通りに後ろに下がると、白銀が窓の前に立ってガラスに右手を置いた。

何かぶつぶつとあやかしの言葉を呟いている。

尻尾をピンと立たせ、しばらく集中していたかと思うと、その右手が光り出した。

銀色の明るい光。窓ガラスがビリビリと振動で揺れている。

まさか、と思い、紗奈は両耳を塞ぐ。

「――鳴雷《なるかみ》！」

白銀が詠唱した瞬間、破裂音が響き閃光が走った。

右手から放たれた銀色の光が、窓ガラスを粉々にしたのだ。

紗奈が驚いてしゃがみ込んでいると、白銀は割れたガラスを払い、軽々と窓を乗り越え家の中に入りこんだ。

「ほら、こっちだ」

窓から手招きをしてくる。紗奈がおっかなびっくり近づくと、中から腕を出し体を引き上げてくれた。

霊力を手に溜めて放出することで、窓を割ったのだろう。高等な技を間近で見て、さすが千年生きる天狐《てんこ》は伊達《だて》じゃないなと思った。

薄暗い古屋の中へ二人が降り立つ。

部屋の奥、床にだらんと力無く倒れている青年に近寄った。

天狗《てんぐ》と呼ばれる人型のあやかしは、黒い和服を着た黒髪の若い青年だ。息は荒く、額には脂汗をかいている。

その様子に臆《おく》することなく、白銀が天狗《てんぐ》に声をかけた。

「おい、鞍馬。起きろ」

苦しそうに眉を寄せてうなされていた天狗《てんぐ》だったが、うっすらと目を開け、覗き込んでいる白銀と紗奈の姿をぼんやりと見上げた。

すると、はっと息を呑み半身を起こし、天狗《てんぐ》は自らの右の手のひらを宙に向けた。

パンッ。

乾いた音がし、部屋が暗くなった。

紗奈の頬の横を風の塊《かたまり》が通り抜けたと思ったら、背後についていた電球が、跡形もなく砕け落ちていた。

風の刃だ。目の前の天狗《てんぐ》の霊力による攻撃に違いない。

「人間風情《ふぜい》が……私の寝首を掻《か》きに来たか……！」

こんな山奥の古びた小屋にまでやってくるのは、悪《あ》しき敵か何かと勘違いしたのだろう。

ぜえぜえと肩で息をしながらも、薄暗い小屋の中に佇《たたず》む得体の知れない人間に、弱った体で対抗するために殺気を放っている。

一匹狼な天狗《てんぐ》は、何者をも寄せつけない迫力で、再び手のひらを紗奈に向けた。

「おい止めろ、鞍馬！」

白銀の制止の声よりも一瞬早く、天狗《てんぐ》は再び風の刃を放った。

ごう、と空気圧が迫ってくるのを感じ、割れた電球のように自分の体も風によって切り刻まれてしまうのか、と紗奈が目を瞑《つぶ》った。

しかし、風の音は聞こえたものの、衝撃は来なかった。

恐る恐る目を開けると、白銀が紗奈の前に立ちはだかり、彼もまた手のひらを天狗《てんぐ》にかざしていた。

閃光がチカチカと明滅している。雷を司《つかさど》る白銀の力で、天狗《てんぐ》の攻撃を防御したようだ。

だが少し掠《かす》めてしまったのか、白銀の左頬から赤い血が一筋流れていた。

「白銀様、血が……！」

「かすり傷だ」

親指で頬をなぞり血を拭き取ると、肩で息をする天狗《てんぐ》に声をかける。

「鞍馬、落ち着け。俺だ、白銀だ」

初めは状況判断ができなかったのだろう。天狗は数回瞬《まばた》きをしていたが、ふと目を細める。

「……天から私を迎えに来た使いにしては、ずいぶん手荒だな」

口の端を歪《ゆが》めて低い声で笑った。

「馬鹿な冗談はよせ。久しいな、鞍馬」

「白銀殿も、健在で何より」

鞍馬と呼ばれた天狗《てんぐ》のあやかしは、震える腕を下ろし、あっさりとした再会の言葉を交わす。

「奉納の儀の催促に来た八咫烏《やたがらす》が、倒れているお前を見たと報告に来てな。様子を見に来た」

白銀の言葉に、ああ、と納得する鞍馬。

たまたま彼が倒れていたのが、毎月一日の奉納の儀の次の日だったから発見できたが、そうでなければこんな場所でひっそりと暮らす彼のことには誰も気がつかず、大変なことになっていたかもしれない。

鞍馬天狗《てんぐ》は真っ直ぐ伸びた長い黒髪に、透けるような白い肌をしている。

切れ長の目にすっと通った鼻筋、薄い唇が中性的で美しい。

男らしく引き締まった腕をしている白銀と違い、華奢《きゃしゃ》な体だ。

天狗《てんぐ》というと赤い顔に長く伸びた鼻の、絵本などでよく見る姿を想像するが、全く違う、ある種の神々しい姿に驚いた。

紗奈が鞍馬の姿に見惚《みと》れていると、額に浮かんだ汗を袖で拭《ぬぐ》った彼と目が合う。

「……私の鼻が高くなくて、驚いたかな？」

期待を裏切ってしまったようだ、と優しく微笑む鞍馬に、心の中を読まれたと紗奈は目を逸らした。

頬が、紅潮する。今日はなんだか恥ずかしいことや照れることばかりだ。

「先ほどはすまなかったね。あなたに傷がつかなくて良かった」

「い、いえ……」

急に霊力の攻撃を受けそうになったから、もっと非難してもいいのかもしれないが、優雅な彼の姿に、言い返す気など起きなかった。

「美しいおなごだな。娶《めと》ったのか」

どぎまぎしている紗奈を見つめ、白銀に尋ねる鞍馬。

予想外の問いに、はあ？　と間抜けな声を上げる白銀と、驚いて目を丸くする紗奈。

「うう、美しいなんて、そんな」

美形な天狗《てんぐ》様に褒められるなんて恐れ多い。両手で頬を覆《おお》ってうろたえる。

「馬鹿言え。お嬢ちゃんは桜霞神社の跡取りだ」

呆れた白銀の返答でバッサリと斬られた。

「そうです、紗奈と申します」

「ほう、彰久の娘か」

鞍馬は神主である父親の名前を呼び捨てにし、興味深そうに見つめてきた。

昔から鎌倉に生きるあやかしだから、桜霞神社のことも、神主の父も知っているのかもしれない。

「人間のおなごと心を通わせるあやかしも、昔は珍しくはなかったのでね」

からかうみたいに言った後、鞍馬は胸を押さえて咳き込んだ。

喉の締まった空咳を苦しそうに数回。

ぜーぜーと肩で息をする鞍馬の姿を、白銀は腕を組んで痛ましそうに見つめた。

「……霊力がすっからかんじゃないか。お前らしくもない」

人型のあやかしは、動物型の小さいあやかしと比べ、備え持つ霊力は桁違いだ。先ほどの白銀のように、霊力を武器や技にして使うこともできる。

しかし、霊力はあやかしの大切な生命線だ。失ったら、体調を悪くしてしまい、果てには「死」が待っている。

鞍馬は口元を拭《ぬぐ》い、情けないと眉を下げた。

「ああ。昨晩の山火事を消そうと何時間も風を起こしていたら、このざまだ」

やはり予想は当たっていた。

新聞の一面に載っていた、鎌倉山の火事。一晩続き、何台もの消防車が出動し消火活動をした、恐ろしい天災。

その記事の最後に書かれていた。

『一際強い竜巻が起こり、それにより火が弱まった』

やはりそれは、今目の前にいるこの天狗《てんぐ》が行ったようだ。

空高く舞い、白煙を立て燃え盛る炎を消すために、何度も何度も霊力を使い大きな風を起こしたのだろう。

たった一人で夜通し孤独に戦った彼は、霊力が尽き、その後遺症で倒れてしまったのだ。

血色が悪い肌に、紫色の唇。暖房もついておらず室内は薄ら寒いというのに、額には脂汗が浮いている。

霊力が著《いちじる》しく失われた時の症状だ。社務所の相談窓口に、さまざまな理由で傷ついたあやかし達が訪れたが、彼ほど体調が悪そうなあやかしは初めて見る。

心配でしょうがない。その体を今すぐにでも癒《いや》してあげたいと紗奈は思った。

「今回の火事は、放火や煙草《たばこ》の不始末などの人為的なものではなく、乾燥した冬の風と落ち葉の摩擦から起きた自然発火だ」

澄《す》んだ声で、淡々と語る鞍馬。

「昔の私なら、山火事は自然の理《ことわり》だと、なにも手を下さなかったんだろうな」

長い黒髪を耳にかけ、自嘲気味に笑う。

全てのあやかしは、自然を愛している。そのため、自然に起きてしまったことならば、それごと受け入れるのだろう。その結果荒れ果て滅んでしまっても、また一から実るのを待つのだ。

「しかし、焼けていく我が鎌倉山を見ていたら、なんだろうな。とても侘《わび》しくなった。ははは、歳をとって私も感傷的になったものよ」

黒い着物を着た、遥《はる》かな時を生きる天狗《てんぐ》は、若い青年の姿で年相応に笑った。とても満足げな、優しい笑顔。

誰にも心を開かない、一匹狼で偏屈な天狗《てんぐ》。その、噂とは全く違う、清廉《せいれん》な姿。

「山が無事で本当によかった。それによって霊力が尽き、私の魂《たましい》が消えてしまうとしても、それも天命だ」

彼の言葉に嘘偽りはないのだろう。

こんなに体調が悪くなっても、そのまま消えるとしても、何も後悔はないという強い意志を感じた。

瞼《まぶた》を閉じ、命をかけた鎌倉山で一人、その時を待っている。

割れた窓を通って、凍えるような風が吹き込んできた。

紗奈はそばの椅子にかけてあったを毛布を手に取ると、鞍馬の肩にかけた。細い彼の体が凍えてしまわぬよう。これ以上体調が悪くならぬよう。

鞍馬は、ありがとう、と会釈《えしゃく》をして毛布をさすった。

天命だなんて信じたくはなかった。

同じ鎌倉に住む者として、命をかけて人と土地を守ってくれた優しき天狗《てんぐ》を、見捨てることなどできない。

「鞍馬さん、桜霞神社に行きましょう。御神木から霊力をもらうんです。そうしたら元気になります。消えてもいいなんて、言わないでください」

紗奈は鞍馬に必死に訴えかけた。

どうにかして救ってあげたい。霊力を受け取れば、こんな場所で一人寂しく息絶えることは避けられるだろう。

しかし彼は、眉を下げて困ったような表情をするだけだ。

「無理だ」

鞍馬の気持ちを代弁してか、あぐらをかいて座っている白銀は冷たく言い放った。

銀色の大きな尻尾を、ぴんと立てて。

何故そんなひどいことを、と紗奈が反論しようとしたが、白銀の言葉が制する。

「鞍馬は一度も奉納の儀に参加していない」

あ、と紗奈は声を上げた。

そうだった。三年前から始まった霊力奉納の儀は、あやかしの義務とされたのだが、弥助が毎月霊力を納めるように催促をしても、首を横に振り断った、頑固な天狗《てんぐ》。

「人間にはわからないだろうが、俺らあやかしには一人一人の霊力を判断できる霊脈がある。御神木は、鞍馬の霊力が納められていないことなどわかるから、いくら体調が悪かろうと霊力を鞍馬に渡すことはできない」

人間の健康保険制度は、毎月保険料を納めた者が、怪我や病気をした時に医療や傷病手当の給付が受けられるという仕組みだ。

保険に入っていなかったり、保険料を故意に納めなかったりした場合、傷病手当を受けられないだけでなく、医療費は全額自己負担となる。入院でもした場合には多額な料金を請求されてしまうのだ。健康な時は高い保険料を毎月払うのに嫌気が差すが、いざ体を壊した時にそのありがたさがわかる人も多い。

それに倣《なら》い、あやかしでも霊力の奉納をしない者は、『無保険』として、万が一体調を崩したとしても神社も御神木も手を差し伸べはしない。

社会保険労務士の資格を持つ、神主の父が決めた、厳格な規則。

今日元気だからって、明日も元気とは限らない。見えない未来への備えとして、あやかし達は納得をし、奉納の儀に臨んでいた。

たった一人、山奥に住む鞍馬天狗《てんぐ》を除いては。

「そう、自業自得なのさ。自分の愚かな驕《おご》りが招いたことだ。気にしないでおくれ」

鞍馬は咳をし、白銀の言葉に頷いた。

「……ああ、最後に段葛《だんかずら》の桜が見たかったな」

真冬の風が吹き込む部屋の中で毛布にくるまり、鞍馬は目を閉じた。

その瞼《まぶた》の裏には、満開に咲く一面の桜の花が映っているのかもしれない。

このままでは春まで体は持たないと、自分の身を案じたのであろう。

確かに彼は無保険かもしれないが。霊力を受けられる資格はないかもしれないが。

霊力が尽きても何の保障もないことも承知の上で、命をかけて山火事を消してくれた彼を、このまま見殺しになどできない。

紗奈は目に涙を浮かべて考えた。

「なにか、なにか方法があるはずです」

紗奈は引き下がらず、色々な方法を提案した。

「父に相談して、奉納の儀に参加していなくても霊力を受け取れるよう、今回だけ例外で認めてもらうとか……」

「彰久が許しても、あやかし達が反発するだろう。自分達は手間と時間をかけて毎月奉納しているというのに、贔屓《ひいき》だと言われてもしょうがないぞ」

白銀は断固として譲らない。紗奈はしどろもどろになりながら、

「じゃあ、山火事を消したことをみんなに伝えれば、鞍馬さんに感謝して、納得してもらえるはずです」

「数百いる鎌倉中のあやかし一人一人に説明するのか？　時間がいくらあっても足りない」

なにを言っても正論で突き返される。

確かにその通りで、弱っていてすぐにでも消えそうな鞍馬を置いて途方もない時間をかけることはできない。

あやかしの平等な保障のために作った制度が、今まさに自分の首を締めている。

紗奈はなにかできないかと、唇を噛み締める。白銀は冷たい瞳で、そんな紗奈を静かに見つめていた。

「白銀殿の言う通りだ。紗奈殿、私のことで気に病む必要などない」

鞍馬は弱々しく微笑んだ。

愛しきこの地を守れたのだから、本望だとでも言うように。

後悔はない、それによって命が失われようとも構わないという意志を感じた。

ずっと真顔で何かを考え込んでいた白銀が、そっと沈黙を破った。

「鞍馬は御神木の霊力を受け取れない。でも、鎌倉山を救ってくれたことには感謝している」

ゆっくりと立ち上がり、鞍馬のそばに近づくと、青白い顔を覗き込んだ。

堂々と、力強く。

「だから、俺の霊力をやるよ」

白銀の金色の瞳は真っ直ぐに鞍馬を見つめている。

予想外の言葉に、鞍馬も紗奈も言葉を失い、瞬《まばた》きをして白銀を見つめた。

嘘偽りなく、発言を撤回するつもりもないのか、白銀は耳を立て頷いている。

「……驚いた、どういう風の吹き回しだい」

鞍馬は昔からの知り合いである白銀の性格は知っているはずだ。意外だと、目を見開いている。

「確かに、私に霊力を供給しても無事でいられるのは、あなたぐらいだろうが」

夜雀《よすずめ》の栗太が、八咫烏《やたがらす》の弥助に直接霊力を返したように、本人達が望めば個人間での霊力の受け渡しは可能だ。

しかし、霊力を渡した者はその分霊力が減り、体力もなくなるというデメリットしかないため、日常生活で取引されることはほぼない。

鞍馬のような人型のあやかしの霊力が満たされるほどの霊力を保有しているのは、同じく人型の者のみだ。

鎌倉にいる人型のあやかしは、白銀と鞍馬以外に聞いたことはない。

この状況で鞍馬を助けることができるのは、白銀だけだということに、彼自身も気がついたのだろう。

「鎌倉山を守ってくれた感謝の気持ちだ。昨日俺は消防車の音がうるさいと、呑気《のんき》に寝ていたからな」

ばつが悪そうに狐の耳を掻《か》きながら、白銀が苦笑する。焼きおにぎりを半分食べて、有事の時にぐーぐー寝ていた自分が恥ずかしいのか、しょうがないな、と口を尖らしている。

「だから、ほら、俺の気が変わらないうちにとっととやるぞ」

毛布を肩にかけた鞍馬の目の前にあぐらをかいて座り込む。髪を掻《か》き上げた後、右手を鞍馬の左胸に当てた。心臓の場所だろうか。

体の中心で、全ての根源である心臓に、直接霊力を注ぎ込むつもりなのだろう。

「白銀様、ありがとうございます……！」

万策尽きたと諦めかけていた紗奈がお礼を言うと、左手を振り、別に、と合図をした。

「始めるぞ」

白銀の一言で、鞍馬の左胸に添えた手から光が放たれた。

「我が霊力を、彼《か》の鞍馬天狗《てんぐ》に捧ぐ」

凛《りん》とした声で白銀が唱えた。

その声に呼応するように、ひとつに束ねた銀髪と大きな尻尾が揺れ、白銀の体から光が放たれた。

薄暗い部屋を照らすそれは、白銀の中にある霊力だ。

白銀の霊脈は、彼の名の通り銀色だった。

清廉《せいれん》な美しい光が、玉となっていくつも現れ、鞍馬の周りをくるくると回る。

そしてひとつずつ、ゆっくりと彼の胸の中へと入り、消えていくのだ。

山奥にひっそりと建つ古民家で行われる、天狐《てんこ》と天狗《てんぐ》の儀式はとても幻想的で、紗奈は目を逸らすことができなかった。

命の代わりでもある、霊力の光。何とも儚《はかな》く、柔らかく、優しい輝き。

諦めにも似た笑みを浮かべていた鞍馬が、目の前の銀髪の男を見つめ、そっと囁《ささや》く。

「あなたは優しいな、白銀殿」

自分に注ぎ込まれる光を見て、心の底から告げる。

「いつも一人で、将軍殿の約束を守り続けるのは、辛くはないのか」

穏やかな声色には、白銀への尊敬の念が込められている。

白銀は集中しているのか、鞍馬のその問いには答えず目を伏せる。

銀の光は止《とど》まることなく白銀から放たれ、鞍馬の胸へと吸い込まれていく。

徐々に体調が改善に向かっているのであろう。血の気のなかった鞍馬の肌に、うっすら赤みが差してきた。

「龍神がいたずらに襲いに来た時も、あなたは一人で戦った。水神である異端の龍神がこの地に降りれば、海の近い鎌倉は何かしら被害が出るかもしれないからね」

その言葉に紗奈は驚き、白銀の横顔を見た。

彼は眉ひとつ動かさず、右手に力を込めている。

三年前、白銀は『自分勝手』に、『傍若無人《ぼうじゃくぶじん》』に、『好戦的』に龍神に喧嘩を売ったと、鎌倉中のあやかしが信じた。

三日三晩、激しい雷雨が降り注ぎ、避難勧告まで出た未曾有《みぞう》の事態。

そんな天狐《てんこ》の次の標的にされたらたまらないと、定められたのが御神木の奉納の儀。

誰も信じて疑わなかった。

本当は、白銀は鎌倉の地を、あやかしを、人間を、たった一人で守ったの？

「そんなあなたに感化されたのかな……私も。らしくないことをしたよ」

長い間一人っきりで深い山奥に住む、孤独な鞍馬天狗《てんぐ》。

慣れ合いを良しとせず、来たる天命に身を委《ゆだ》ねていた。

なのに、いつもなら受け入れる天災を止めるため、自分の命と引き換えに霊力を使い果たした。

遠い桜霞神社の祀《まつ》り神《がみ》の狐に、思いを馳せたのかもしれない。

銀色の光に照らされた白銀は、目を開くと鞍馬へ力強く答えた。

「辛くもない。寂しくもないさ、俺が決めたことだ」

そう言って、鞍馬の胸に当てた右手を下ろした。

多大なる霊力の全てが鞍馬の体へと入り、ゆっくりと光は消えた。

白銀が息をつく。

「それに、今は一人ではないしな」

横で祈るように見つめていた紗奈を振り返り、犬歯を見せて笑った。

おっちょこちょいで鈍臭い、でも誰よりも頑張り屋の紗奈が、今の自分にはついている、とでも言わんばかりに。

鞍馬はおかしそうにくすくすと笑い声を上げた。驚いている紗奈と、白銀を交互に見て、楽しそうに。

「はは、あなたが羨ましいよ」

そうして命の恩人である白銀に、黒髪の鞍馬天狗《てんぐ》は胸に手を当て深々とお辞儀をした。

＊　＊　＊

割ってしまった窓ガラスを風が入ってこないように補強し、暖炉に薪《まき》をくべた。くぬぎの木の香りと暖かい空気が充満する。

鞍馬は、脂汗をかき息も絶え絶えだった姿から回復し、自力で立てるほどになったようだ。

「ありがとう、白銀殿、紗奈殿。この御恩は忘れない。八咫烏《やたがらす》にも伝えてくれ」

暖を取りながら、鞍馬は優しく微笑む。もう安心だ、と紗奈はほっと胸を撫でおろした。

「ああ、もう無理するなよ」

霊力を与えた白銀は少し疲労の色が見えるが、友人が元気になり満足した様子だ。

扉を開け外に出る。日は傾き、夕焼けが差していた。

「鞍馬さん、お元気で」

手を振り、鞍馬に別れの挨拶をする。

鎌倉山の火事の被害を最小限に抑えてくれた心優しい天狗《てんぐ》が、一人孤独に、魂《たましい》ごと消えてしまわなくて本当によかった。

歩き出そうとした紗奈の肩を、白銀が掴む。

嫌な予感がした。白銀は当たり前のように紗奈を抱え込もうとしている。

二人の友情を見て、感動の余韻に浸《ひた》っていたのに。すぐさま現実に引き戻された。

「え、帰りは普通にバスかタクシーで帰りましょうよ」

一刻も早く鞍馬を助けるためだから、仕方がなく絶叫マシンのような大空ジャンプに耐えたというのに。

紗奈が嫌だと首を横に振るが、白銀はどこ吹く風だ。

「面倒くさいだろ？　時間も金もかかる」

「ぜーーーったい嫌です！」

次こそは昼食が胃の中から出てしまうに違いない。数十メートルを跳んでは着地し、重力が体全体を押しつぶし、三半規管が狂う拷問《ごうもん》だ。

子供のように嫌だ嫌だと紗奈がごねるのを、白銀は呆れて説得していたが、埒《らち》があかないので力ずくで持ち上げようかと手を伸ばす。

するど背後から、くすくすと笑う声が聞こえてきた。

二人の様子を玄関先で見ていた鞍馬が、口元を押さえ微笑ましそうに言った。

「喧嘩するほど仲がいいとは、あなた達のことだな」

まるで痴話喧嘩だ、とおかしそうに言う鞍馬に、そんなことないです、と紗奈が反論しようとした瞬間。

隙あり、と背後に回り込んだ白銀が、紗奈の肩と膝裏を持ち上げ、本日二度目のお姫様抱っこをした。実力行使だ、とでも言うように。

「違いない。じゃあな！」

鞍馬に挨拶をすると、白銀は軽くしゃがみ、真っ直ぐに跳び上がった。

数十メートルの高さにある木の枝に着地し、まるで子供がけんけんぱをするかのように軽い足取りで木々を伝い前へと進んでいく。

紗奈の情けない悲鳴が鎌倉山にこだました。

二度目とはいえ、ちっとも慣れない。白銀の首筋に紗奈は必死にしがみつく。

独特の浮遊感に揺られながら、夕焼け空を反射しオレンジ色に輝く白銀の髪を眺めた。

ふと、間近にある金色の瞳と、長いまつ毛を見つめて思った。

この人は、本当は何を考えているのだろう。

社務所に来る相談者をからかい、彼らの問題を解決するために紗奈について歩く。流行《はや》りのお菓子が好きで、食欲旺盛《おうせい》で、時に意地悪だ。

しかし、無保険の鞍馬天狗《てんぐ》を自分の意志で救った。

龍神と喧嘩をしたのも、鎌倉を守るために戦ったのだという。

たった一人で、誰にも頼らずに。

ずっとそばにいるのに、この白銀というあやかしが、紗奈は全くわからなかった。

「――白銀様は、龍神を追い払ってくれたんですね。知らなかったです。鎌倉中のあやかしがあなたを誤解してます」

小町通りの商店街を見下ろしながら、白銀が屋根の上で一度止まった。

「なんだって？　聞こえないなぁ」

遠くの物音や話し声まで聞き取れる大きな狐の耳が、頬が触れる距離の紗奈の言葉を聞き逃すはずはない。とぼけつつ、白銀は首をかしげる。

「誤解を、解きましょうよ。今日天狗《てんぐ》様を救ったことだって、みんなに伝わった方が良いです」

白銀はその言葉には答えず鼻で笑うと、再び真っ直ぐに跳び上がった。

そうして桜霞神社の鳥居の上に降り立ち、息をつく。

自分が祀《まつ》られし神社を一望し、

「ま、問題児で無法者で自分勝手な狐でいいんだよ、俺は」

巷《ちまた》で噂されている言い回しを自ら口にした後、尻尾を大きく振り、けけけ、と上機嫌に笑った。

鳥居の上で、鎌倉を見渡す。

紗奈は真横にいる白銀の横顔を眺めながら、ふと幼き日を思い出した。

社務所での留守番が退屈で、桜の木の下で草団子を食べようとした、初めて白銀と会った春の日。

あの時の自分はまだ、彼の肩に乗れるほど小さく、狐耳や尻尾を持つ人型のあやかしに驚いたものだ。

「懐かしいですね、白銀様と初めて出会った日を思い出しました」

紗奈が呟くと、白銀は狐耳を動かして少し驚いたように紗奈の顔を覗き込んだ。

「……俺も今同じことを思っていた。お嬢ちゃん、覚えてるのか」

「忘れたことなんてありませんよ。白銀様は、私がおひとつどうぞって言った草団子を、ふたつ食べました」

口を尖らせると、白銀が噴き出した。

そりゃあ悪かったな、あの店の草団子は美味いんだ、と、相変わらず食い意地の張った天狐《てんこ》である。

「あれから十数年経ちますが、鎌倉は変わらないですね」

「そうだな」

鳥居から眺める景色は、あの日社務所の桜の木から見た景色と同じだ。

「……この景色は、俺が守ると約束したんだ」

まるで歌うような声で、白銀が囁《ささや》いた。

紗奈と出会った十数年前の、さらにもっと昔を思い出すように。遠い日々を、懐かしむように。

「誰と、ですか？」

紗奈が尋ねると、無意識の独り言を咎めるみたいに白銀は口をつぐんだ。

「さあて、誰だかね」

目を瞑《つぶ》って微笑んだ白銀は再び跳び上がり、自らが祀《まつ》られている桜霞神社の境内《けいだい》へと着地した。

＊　＊　＊

命を懸けて火事を鎮火した天狗《てんぐ》と、その天狗《てんぐ》を救った天狐《てんこ》の話は、当事者三人と目撃者の弥助のみが知ることとなった。

紗奈は鞍馬と白銀の行動をみんなに伝えたかったが、白銀が首を横に振るので、四人だけの秘密となった。

吐く息は白く、木枯らしが吹く真冬の十二月。

神社にクリスマスなどという行事は関係なく、二十四日も二十五日も年越しの準備で慌ただしく過ぎていった。

街中に溢れる、腕を組み仲良くデートをするカップルや、クリスマスプレゼントを買ってもらっている子供達を羨ましそうに見つめながら、せめてクリスマス気分をと駅前のケーキ屋でショートケーキを買ったら、一番大きいイチゴを白銀に食べられた。

十二月の毎日は忙《せわ》しなく過ぎていき、すぐに年越しの時期になってしまった。

鎌倉一大きく有名な桜霞神社は、神奈川中の人々が大晦日《おおみそか》から年越しにかけて訪れ、そのまま初詣《はつもうで》をするため、十二月三十一日から三ヶ日の数日は一年で一番混み合うのだ。

今年の大晦日《おおみそか》も例外ではなく、神主、巫女《みこ》、事務員など関係者総動員で参拝客の対応をする。

お賽銭箱の前には長蛇の列ができ、おみくじや絵馬を求める人も多い。

通りには焼きそばやたこ焼き、甘酒や綿菓子などが売られる屋台が立ち並び、ソースの美味しそうな香りが漂《ただよ》っている。

今年一年家に飾ったり、肌身離さず持っていたりした御守りや破魔矢を、お焚《た》き上《あ》げとして焼いている。赤く輝く炎がぱちぱちと音を立てて、夜空高く燃えていた。

紗奈は忙しく駆け回りながら、おみくじを渡したり、掃除をしたり、倉庫からお守りを持ってきて並べたりと大忙しだ。今日に限っては、業務時間の定時など無い。

そんな中、少し休憩して良いと、神主の父が温かい甘酒を手渡してくれた。

気がつけばずっと休んでいなかった。従業員用の裏手に周り、縁側に腰を下ろす。

甘酒の温かさと甘さが、芯まで冷えた体に染み渡る。コートとマフラーを直し、ぼんやりと空を見上げた。

澄《す》んだ冬の空は星が綺麗に見える。

今年も色々あったなぁ、思い返せばあっという間に過ぎてしまった。

自分はまだ保険の知識は半人前だけど、あやかしの相談を受け、助けることはできたから良かったな。来年も、もっともっと頑張ろう。

紗奈は甘酒を飲みながら心の中で決意する。

「遅くまでご苦労だな。年越し蕎麦《そば》でも食べるか？」

両手に屋台で買ったのだろう、年越し蕎麦《そば》を持った白銀が立っていた。

お腹がぺこぺこだった紗奈が喜んで頷くと、つゆがこぼれないようにそっと白銀が横に座ってきた。

割り箸を割って、蕎麦《そば》をすする。魚の出汁《だし》をとった醤油《しょうゆ》味のしょっぱさが、ちょうどいい。

神社に生まれたため、年末番組を見ながらお家でまったり年越し、というのを物心ついた時から経験したことがない。毎年神社の手伝いをしていたら、いつの間にか年が明けているのだ。

「あと数分で今年も終わりですね。白銀様は何か来年の抱負とかはあるんですか？」

横で無心で蕎麦《そば》をすする白銀に問う。自分は辛いのが苦手だが、白銀の方の蕎麦《そば》にはたっぷり七味が入っているのが見えた。

「一年中うまいもんがいっぱい食べられますように」

それしかないだろ、とでも言うように白銀は笑い、つゆを飲み干した。

ごーん、ごーんと、除夜の鐘が辺り一帯に鳴り響いた。

夜中の十二時を回り、新年の一月一日になったという合図だ。

表のお賽銭に並んでいる参拝客達から、歓声と拍手が上がる。

ゆっくり休憩中に年を越せたのは何年ぶりだろうか。紗奈は嬉しくなって、蕎麦《そば》の器を縁側に置き立ち上がって一緒に拍手をした。

新しい一年が始まるという期待に胸が膨らむ。

すると、急に視界が暗くなった。

月や星の光で明るかった裏庭が、大きな影に覆《おお》われてしまった。

何が起こったのだろうと慌てて頭上を見上げると、ばさばさ、と鳥が羽ばたくような音が聞こえた。

暗闇に紛れて気がつかなかったが、目を凝《こ》らしてみると、屋根に人影があった。

そこには、背中から大きな黒い羽根を生やした、黒い和服に黒髪の青年が月を隠すように立っていた。

「やあ、明けましておめでとう」

切れ長の目を細め、唇の端を上げる。

誰よりも早く新年の挨拶をした鞍馬天狗《てんぐ》は、その背に生《は》えた黒羽根を揺らす。

「く……鞍馬さん……！」

予想外の来客に、紗奈が口をあんぐり開けて驚く。

先日、弱っていた時には背中に羽などなかったが。白銀から霊力をもらい回復した彼は、天狗《てんぐ》の特徴である黒羽根で鎌倉山から桜霞神社まで飛んできたのだろう。

風に乗り紗奈の前に軽《かろ》やかに着地をすると、胸に手を当て頭を下げた。

「こんばんは、お二人とも」

「元気そうじゃないか、鞍馬」

「おかげさまで」

優雅な鞍馬の登場と挨拶に、白銀も驚き声をかける。

「鞍馬さん、どうしてここに？」

紗奈が尋ねると、穏やかな笑みを浮かべた。

「年が明けて、今日は一月一日だろう？　霊力奉納の儀式の日だ。私も今後は、素直に御神木に霊力を納めようと思ってね」

鞍馬の言葉に、紗奈も白銀も顔を見合わせた。

何度催促しても、一度も儀式に参加しなかった頑固な男が、どうして急に。

二人の心を察したのか、鞍馬は良く通る澄《す》んだ声で語る。

「私は今まで、一人で生きてきた。だからいずれ一人で死ぬものだと思っていた」

千年以上前から存在し、人間やあやかしの醜い争いを目にしてきた天狗《てんぐ》は、誰とも関わらず、自然の中でひっそり一人で生きていた。

そして、今後もそのつもりだったのだろう。

黒曜石のような瞳が、白銀の金の瞳を見つめる。

「でもお人好しの狐に助けられて、思い直したよ。あやかしみんなで助け合うというのも、悪くないとね」

無保険で御神木から霊力をもらえず、一人孤独に消えるはずだった天狗《てんぐ》に手を差し伸べた天狐《てんこ》。信念や信条を変えてしまうほど、彼は感動したのだろう。

語り終えて、鞍馬は右手を天に掲げた。

その手のひらがゆっくりと青色に輝き出した。

それは彼の霊脈だ。深い海や、晴れた青空のように、彼らしい澄《す》んだ群青色《ぐんじょういろ》。

右手から空へと光が放たれたかと思うと、夜空に数十個の光の玉が弧を描いて飛んでいった。

まるで、季節外れの冬の花火だ。

青い光は輝きながらゆるやかに垂れ落ち、柳花火の如《ごと》く美しく夜空を彩《いろど》る。

表に並んでいる参拝客達に見えないのがもったいないぐらいだ。

新年の幕開けを祝うような光は、夜空を舞い、御神木の枝の中へゆっくりと導かれていった。夢のような幻想的な風景に、言葉を失う。

「私の霊力は、傷ついた他のあやかし達のためにいつでも使ってくれ」

偏屈で一匹狼と呼ばれた天狗《てんぐ》とは思えない、優しい言葉。

奉納してもらう霊力は、そのあやかしの有する量に合わせて決まる。人型のあやかしである天狗《てんぐ》は多くの霊力を持っているので、今後怪我や病気をした他のあやかしも助かるだろう。

「ありがとうございます、鞍馬さん」

紗奈が駆け寄り、鞍馬に礼を言う。

背の高い彼は紗奈を見下ろし、長いまつげを揺らした。

「今後は私も、一人のあやかしとして協力するよ」

そっと白い頬を紗奈に寄せ、耳元で囁《ささや》いた。

「それに、ここに来れば、毎月あなたに会えるしね」

二人だけの秘密だとでも言うように、ひっそりと。

たちまち紗奈の心臓は跳ね上がり、ばくばくと脈を打つ。

急に顔が熱くなった。きっと頬は紅く染まっているだろう。

美しい天狗《てんぐ》の青年にそんなことを耳打ちされ、ときめかないわけがない。

固まってしまった紗奈を見つめて微笑む鞍馬に、めまいがしそうだった。

「いちいち来なくても、鎌倉山から霊力だけ送ればいいいんだよ」

周りに聞こえないよう囁《ささや》いても、狐の耳を持つ白銀には聞こえていたのだろう。

しっしっ、と鞍馬を手で払うと、白銀は口をへの字に曲げた。

緊張してしまった紗奈と、面白くなさそうな白銀を見て鞍馬は笑う。

「では、また」

黒い羽根をはばたかせ、ゆっくりと夜空へと飛んでいった。

紗奈にウインクをひとつして、黒髪をなびかせ身を翻《ひるがえ》す。

お賽銭箱の前に並ぶ行列や、屋台の上をすいすいと軽《かろ》やかに進んでいく。

急に現れて、すぐに去っていく、嵐のような人だ。

でも、遠くなってゆくその背中を見つめ、彼を救えたこと、そして心を開けたことがとても嬉しかった。

同じ鎌倉に住む一人のあやかしとして、協力してもらえることが誇らしかった。

きざな奴だ、と横で悪態をついていた白銀も、どこか嬉しそうに鞍馬天狗《てんぐ》を見送っていた。

新年、今年も良い年になりますようにと、紗奈は心の中で深く祈った。

第五章　長谷寺、天邪鬼《あまのじゃく》な天狐《てんこ》

新年が始まり、清々《すがすが》しい気持ちで過ごしていたのも束の間。

桜霞神社は、初詣《はつもうで》シーズンでずっと混み合っていた。

有名な神社なため鎌倉の人だけでなく、県外からも参拝客は訪れる。初詣《はつもうで》ついでに、小町通りで食べ歩きしたり、鎌倉名物のお菓子を買って帰ったりと、街全体が繁盛《はんじょう》している。

たまたま社務所に相談に来るあやかしもおらず、紗奈も神社の手伝いの方にかかりっきりになっている。

相談者がいないということは、体を壊したあやかしがいないということなので喜ばしいのだが、自分の出番がなくて少し淋しかったりもする。

一年で一番寒い時期に吹きさらしの神社を歩き回っているため、紗奈は上着にマフラー、厚手のタイツを穿《は》いて風邪をひかないように防寒対策をしている。

破魔矢の入った箱を運びながら、ふと鳥居に目をやると、赤い鳥居の上の定位置に座っている天狐《てんこ》の姿があった。

最近、白銀の様子がおかしい。

どうおかしいのかと聞かれると、具体的に挙げるのは難しいのだが、なんだか元気がないように見える。

普段なら用事がなくても社務所をうろつき、何かと紗奈にちょっかいをかけてくるというのに、それが少ない。

紗奈が忙しく、社務所にいる時間が短いというのもあると思うが、いつもは何かにつけてお菓子やご飯を食べたり横取りしたりするのに、それもない。

鳥居の上にいる時は楽しそうに参拝客を観察したり、横になって昼寝をしたりしていたのに、今はぼんやりと空を見上げてうつろな表情をしている。

紗奈はその白銀らしくない姿が、ここ数週間続いていることを密かに心配しているのだが、声をかけようと思うと神出鬼没でどこかへと消えてしまうのだ。

夕方、毎日のおにぎりタイムに、夜雀《よすずめ》の栗太と八咫烏《やたがらす》の弥助が時間ぴったりに社務所へと入ってきた。

どんなに忙しくてもこの時間は必ず取るようにしている。鳥型のあやかし達と世間話ができる、憩《いこ》いの時間だ。

今日は梅昆布おにぎりだ。酸っぱくて口をすぼめてしまうが、昆布のしょっぱさと合うお気に入りの味である。

二人はおにぎりを美味しそうにつつきながら、今日あったことを楽しげに話している。通りに出ていた屋台がうまそうな香りをしていたとか、寒いから寝床の巣を新調したとか。

「そいや最近、あいつ邪魔しに来ないな」

夜雀《よすずめ》の栗太が、くちばしでおにぎりをつつきつつ、ふと呟いた。

あいつ、というのは白銀のことだろう。以前はよくこの時間に社務所に来ては、おにぎりを催促してきた。

気の強い栗太に意地悪をするのが楽しいのか、栗太のおにぎりを一口食べて大喧嘩していることもあった。

「白銀様は、きっと色々とお忙しいのでしょう」

八咫烏《やたがらす》の弥助は、大人の対応だ。人それぞれ事情がある、何か用事があるのだろうと言うが、古くからの知り合いである白銀の声が聞けず、少し寂しそうだ。

なんだかんだ言いつつ、二人とも白銀のことが気になるらしい。

紗奈は自分で作った梅昆布おにぎりを頬張りながら、なんだか釈然としない気持ちを抱えていた。

暖房の効いた暖かい社務所の中に入ればいいのに。白銀は薄い和服姿で、鳥居の上に座り何かを想うように空を見上げている。


その日の夜に一人、紗奈は自室で風呂上がりの髪を梳《と》かしつつ、ため息をついた。

つい最近、ずっと自分の頭の中をぐるぐると回っていることがある。

去年一年、駆け抜けるように時は過ぎていった。その中で、どこかでずっと引っかかっていた言葉。

御成通りの猫又、長老の虎次郎が、図書館の前の駐車場でそっと尋ねた。

『……あなたは、今も変わらず、鎌倉の平和を守ってくださっているのですね』

『ですが、あなたの心の平和を守ってくださる方は、いらっしゃるのでしょうか』

『……わたしにはそれが心配です』

白銀を思いやる、虎猫の顔を思い出す。

そして鎌倉山の弱った鞍馬天狗《てんぐ》に、霊力を供給するために手を差し伸べた日。

『あなたは優しいな、白銀殿』

『いつも一人で、将軍殿の約束を守り続けるのは、辛くはないのか』

『龍神がいたずらに襲いに来た時も、あなたは一人で戦った』

目を細め、鞍馬は尊敬と畏怖《いふ》を込めて白銀に問いかけた。

ずっと心のどこかで引っかかっていて、でもその本当の意味がわからなかった言葉。

古くから長い時を生きる二人のあやかしが、白銀に問う言葉の意味。

彼は鎌倉の平和を守り続けていたのか。

将軍との約束とは何なのか。

龍神からこの街を救ってくれたのか。

この鎌倉の歴史で将軍といえば、あのお方しか出てこない。

桜霞神社の創始者でもある、征夷大将軍。歴史の勉強でしか聞いたことのない、有名な人物。彼と何か関係があるのだろうか。

龍神に勝手に喧嘩を売って、とんでもない奴だと鎌倉中のあやかしが白銀を恐れ忌《い》み嫌った。

でも本当は、敵の手からこの街を救ってくれたのだとしたら？

疑問は尽きることを知らない。忙しくて考えないようにしていた、でもずっと心の中にしこりとして残っていた。

胸のつかえを吐き出すように、ため息をつく。

一人で考えても答えは出ない。直接本人に聞いてみるしかないと、紗奈は灯りを消し毛布をかぶった。

＊　＊　＊

その日、紗奈は夢を見た。

宙に浮いているような感覚で、登場人物の気持ちがまるで自分が思ったことの如《ごと》く心に流れ込んでくる、不思議な夢。

深い木々の中から、小さな少年が顔を出した。

幼い少年の頭には狐の耳、腰には尻尾がついている。

以前はそこにはなかったはずの、朱色《しゅいろ》の冠木門《かぶきもん》をくぐり、立派な本宮を訝《いぶか》しげに眺めた。

本宮の周りをぐるりと周り、人間が勝手に作った建物が面白くないと、口を尖らす。

がさ、と落ち葉を踏みしめる音が聞こえて、振り返る。

人間が来た、と太い木の幹《みき》の後ろに隠れて、様子を窺った。

人気《ひとけ》のない小さな祠《ほこら》のそばに来たのは、黒い羽織を着た男だった。

咄嗟《とっさ》に幹《みき》の陰に隠れたが、狐のあやかしの尻尾が彼から見えてしまっている。まさに頭隠して尻隠さず、である。

男はかがみ込み、狐のあやかしを見下ろすと、優しく微笑んだ。

「おや、初めまして。幼い狐さん」

その言葉に、狐は訝《いぶか》しげに返事をする。

「……あんた、俺が見えるのか」

普通の人間は、あやかしの姿は見えない。ごくたまに見える者もいるが、見つけるとひどく恐れて逃げるか、悪霊退散と塩を撒《ま》かれるかで、人間は嫌いだった。

男は狐の言葉に頷いて、にこにこと笑っている。

少しだけ興味を持った狐は、そっと幹《みき》の陰から体を出した。

「あんたが建てたのか、ここ」

ちょっと前から、人間の出入りが多く何か工事をしているとは思っていたが。野ざらしだった場所に、大規模な神宮がとんとん拍子に建っていったので、狐は驚いていた。

木に成る実や果物をよく食べていたため、ここはお気に入りの場所だったのに、人間の都合で大きな工事をされ、迷惑である。

「昔から住むあやかしに、挨拶が遅れてしまったね。大変申し訳なかった」

男は深く頭を下げると、狐に向き合いしっかりと告げる。

「私の名前は源頼朝。幕府を開き、この桜霞神社を遷《うつ》し祀《まつ》った」

芯の通った、凛《りん》とした声が響き渡る。

源頼朝と名乗った男は、高貴さと清廉《せいれん》さを併せ持った、高潔な人間だった。

幕府というのは人間が政治を行う組織だというのはなんとなく知っていた。その長《おさ》の男は、ちっぽけな狐のあやかしに興味を持ったみたいだ。

「小狐さん、貴方の名は何という？」

名前を聞きたい、と尋ねてくる。

「……名前はない。好きに呼べばいい」

自分には生まれてこの方名前などない。あやかし達は狐と呼ぶし、人間は、化《ば》け狐や妖怪などと蔑《さげす》んでくることの方が多い。別にそれでいいと思っていた。

「おや、名前がないのは不便だろうに。それじゃあ……」

頼朝は、顎《あご》に手を置きしばし思案をしたが、幼い少年の姿の狐を見つめると、ぽんと手を打った。

「大きな耳と尻尾だな。その美しい毛並みからとって、白銀《しろがね》というのはどうだ？」

狐のあやかしの特徴でもある、自慢の毛並みを指差して頼朝が言った。

白銀、という言葉の響きに、悪い気持ちはしなかった。

気に入った、と自然に耳と尻尾が動いてしまった白銀を見て、頼朝は深々とお辞儀をし、優しく微笑んだ。

「今後とも宜《よろ》しくお願い申し上げます、白銀殿」

暖かい木漏《こも》れ日《び》のような男だ。

恐れるわけでも、馬鹿にするわけでもなく、敬意を持って自分に接した人間は、頼朝が初めてだった。

＊＊＊

長く敷かれた石畳の上、甲冑《かっちゅう》を着た精悍《せいかん》な男が馬に乗っている。

しゃんと背筋を伸ばし、遥《はる》か先を見つめていたかと思うと、右足で馬の腹に合図をする。

ひひん、と鳴き声を上げ、馬が駆け出す。

目にも留まらぬ速さで駆けていく馬の上で、甲冑《かっちゅう》の男は手綱を掴みもせず、手に持つ弓を掲げる。

矢を背中の矢筒から取り、一直線に走る馬の上で弓を構えると、小さな丸い的に向かって矢を放った。

走る馬が的の正面にいるのはたった刹那《せつな》だが、その一瞬を逃さず放たれた矢は、見事、的の真ん中に突き刺さっていた。

辺りで見ていた者達から、歓声と拍手が上がる。

流鏑馬《やぶさめ》と呼ばれるその行事は、頼朝公が天下泰平、国家平穏を祈願するために始めたことだが、神がかった職人技は見ていて胸が躍る。

舞殿では、笛や太鼓の音に合わせ、朱色《しゅいろ》の袴《はかま》に美しい刺繍のほどこされた着物を着た娘が、扇を持ちながら華麗に白拍子を舞っている。

雅やかな催《もよお》しを、頼朝は将軍として上座に座り眺めている。

あやかしである白銀は他の者には見えないが、頼朝の左側にあぐらをかいて座っていた。流鏑馬《やぶさめ》の矢が命中をすると、頼朝は少し左に目線を送り、ふと笑う。

そこには、犬歯を覗かせ無邪気に笑っている白銀の姿があった。

権力を持ち、臣下に恵まれていた頼朝だったが、心からの本音を話せるのは白銀ぐらいしかいなかったため、いつも彼をそばに置いていた。

でっぷりと太った虎猫が、にゃあと鳴いて頼朝の膝の上に座った。頼朝は微笑み、その猫又を優しく撫でる。

若き日の虎次郎と白銀は、他の者には見えぬが、頼朝に可愛がられていた。

数百もの兵が出陣するため、甲冑《かっちゅう》を着込み、整列をしている時も。

黒馬に乗り最後尾に陣取る将軍、頼朝は、臣下達が深々とお辞儀をする横を馬で闊《かっ》歩《ぽ》する。

敵に攻め込まれる前に、先手を打つ。

頼朝の気迫に士気を上げ、全員胸を張って馬に乗っている。

桜霞神社の鳥居の上に乗って、その軍勢を眺めていた白銀に、頼朝が目で合図を送る。

そして彼にだけ聞こえるような声で囁《ささや》く。

「出陣だ。白銀殿、ここは任せてよろしいか」

戦は少々長引きそうだ。その間に残してきた家族や臣下達に何か起きないように、将軍たっての願いだった。

「ああ。平氏《へいし》なんてとっちめてこいよ、将軍様」

留守は任せろ、と笑う白銀に、頼もしい限りだ、と呟いて勢い勇んで出陣をした。

常に無敵の幕府ではなかった。

敵に攻め込まれ、多大なる犠牲を出し、苦戦を強《し》いられることもあった。

「火の手の回りが早い……！　逃げろ！」

役人達が声を荒らげ、女子供達に避難を促していた。

幕府に恨みを持つ者達による、放火と思われる大火災が起こったのだ。

真っ赤な炎は消えることを知らず、渦を巻いて夜空を朱色《しゅいろ》に染めている。

人々は泣き叫び逃げまどい、街中が阿鼻叫喚の巷《ちまた》と化していた。

白銀は苦々しく顔をしかめ舌打ちをすると、まだ火のうつっていない木々の枝をかき分けて跳び、頼朝のいる屋敷へ窓から入った。

「逃げろ頼朝。郊外の安達《あだち》にでもかくまってもらえ」

側近の者達も声を荒らげ、大事な刀や巻物、家財を運び出している。

部屋にいた頼朝は、窓から入ってきた煤《すす》だらけの白銀を見て、頷いた。

「わかった。そなたは？」

「俺は、霊力で火を抑えてみる」

もう二人が出会って十数年経っていた。幼い少年だった白銀は成長し、勇敢な青年の姿になっている。

窓の桟《さん》に足をかけたまま、白銀は外の大火を眺めて再び舌打ちをした。

自分のやるべきことをやるしかない。人々の避難は役人達がやってくれるはずだ。あと、あやかしの力でできることは、霊力を使うことである。

白銀の金色の瞳は怒りに満ちていた。自分の住処《すみか》を、見えない敵が燃やし尽くしてしまう前に助けねば。

「……無事でな」

頼朝は低い声でそう告げると、衣を翻《ひるがえ》し臣下とともに部屋を出て行った。

馬に乗り去っていく頼朝達を見送り、無事を確認したあと、屋根の上へ跳び上がる。

業火《ごうか》は全てを焼き尽くしてしまいそうだ。

白銀の白い頬を滑る汗は、落ちる前に蒸発して消える。

裸足《はだし》の裏は焼け焦《こ》げ、熱さでもはや感覚はない。

燃え盛る炎の中、白銀は手を合わせ目を閉じる。

彼の周囲に銀色の光が現れ、辺りを明るく照らす。

「――鎮まれ」

銀の光は四方八方へと飛び散り、白銀の言葉で一帯に衝撃波のようなものが広がる。

逃げ惑う人々は一瞬、地鳴りが聞こえたため耳を塞ぐ。

燃え盛る炎は、光に抑えられその勢いを失っていく。

夜空に浮かぶ銀色の耳を持つ狐は、黒煙の上がる町の中、一人霊力を使い人々を守っていた。

＊＊＊

珍しく頼朝に誘われて、お忍びで出かけることもあった。

数年前の大火で焼けた屋敷や町並みも、早急に建て直され復興は進んでいた。

早めに鎮火できたため被害は最小限ですんだ。その立役者は白銀なのだが、知っているのは頼朝一人だけだ。

しとしとと数日雨が降り続いていたけれど、雲の切れ間から晴れた空が見えたため、将軍自らのお誘いで長谷寺へと訪れていた。

「将軍が御付きもつけず勝手に出かけて良いのかよ」

「大丈夫さ」

石段をゆっくりと登りながら、両脇に咲き誇る紫陽花《あじさい》を眺めて、頼朝は微笑む。

仕事中の凛《りん》とした顔でなく、出陣の時の勇ましい表情ではなく。

藍色《あいいろ》や紫色の紫陽花《あじさい》の濡れる露を撫でる時は、とても穏やかな表情している。

老体には少し辛いであろう石段を一歩一歩登ると、頂上へとたどり着いた。

そこから望む景観は、紫陽花《あじさい》と木々の自然の先に、人々の住む家が立ち並び、さらに奥には広大な海が広がっている。

思わず白銀も息を呑んだ。潮風が白銀の尻尾を揺らす。

「ここの景色が好きでね。空と海の混じる青や、新緑の香りや、町人達の生活も感じることができる。私の愛した鎌倉そのものだ」

そう言って、頼朝は白銀の髪を撫でた。

出会った時は、背の低い幼いあやかしの白銀に、壮年だった二人。

十八年経ち頼朝は白髪《しらが》が増え、背も丸くなり、反対に白銀は健《すこ》やかに育ち屈強な青年となった。

自分より背の高い白銀を見上げる形で、しかし出会った時の少年の相手をするように、優しく頼朝は白銀を撫で続ける。

「人間の寿命とはかくも短いものだな。私は数十年、数百年、数千年先まで、この場所でずっと鎌倉の平和を見届けたいものよ」

微笑んだその目尻には皺《しわ》が刻まれている。動乱の世を駆け抜けるように生き、歳を重ねた頼朝の姿。

平気で数百年と生きることができるあやかしと、人間では時間軸が違う。

彼はきっとあやかしを羨ましく思っているのだろう。人間の命の短さを儚《はかな》く、口惜《くちお》しく思っているのだろう。

「俺がずっと守ってやるよ、この景色を。百年でも千年でも」

それは白銀から自然と出た言葉だった。

化《ば》け狐だと疎《うと》まれて、恐れられていた小さき狐は、この将軍に名前と誇りをもらった。

催事の時にはそばで一緒に見て、戦の時はともに命を賭けて戦った。

生きる意味と価値を与えてくれた、偉大なる親友に、誓ったのだ。

「ああ、信じてるよ。また来年の紫陽花《あじさい》も見に来よう。我が友よ」

頼朝は心から嬉しそうに笑った。

＊＊＊

名君と呼ばれた偉大なる征夷大将軍の最期は、意外にもあっけないものであった。相模川《さがみがわ》で行われた催事からの帰路、落馬をし身体を痛めたことで、高熱を出し床に伏したという。

夜、白銀も熱にうなされる頼朝のそばに寄り添い励ましたが、結局言葉を交わすこともできず、逝《い》ってしまった。

翌日、葬儀はしめやかに営まれた。

家族や家臣、町人達からも愛され、政治的にも軍事的にも優れた人格者の死に、空は泣いていた。

棺《ひつぎ》に眠る頼朝の表情は安らかであった。

初めて出会い、名をつけられた若き日と変わらない、穏やかな表情。

土砂降りの雨が、白銀の髪を濡らす。

頬に流れる雨粒を拭《ぬぐ》うことなく、白銀はその棺《ひつぎ》を見つめ続ける。

亡くなったのは急であったが、自分の死期を感じ取っていたのだろうか。

葬儀の後、頼朝の部屋からは遺言と思われる書が出てきた。

今後の幕府のあり方、家臣達への指示、家族への詫びと感謝の言葉が丁寧に綴《つづ》られていた。彼の誠実な性分を表しているようだった。

その長い書の最後に一文、

『桜霞神社の祀《まつ》り神《がみ》を、銀色の毛並みの狐とする』


と書かれていた。

臣下達は不思議に思ったが、頼朝の望んだことならば、とそれに従い、桜霞神社に狐の像を建て深く崇《あが》め信仰した。

＊　＊　＊

桜霞神社の祀《まつ》り神《がみ》となった白銀は思う。

道端のちっぽけな小狐が、征夷大将軍の建てた神社の氏神《うじがみ》など畏《おそ》れ多い。

冗談好きな頼朝のやりそうなことだ、と苦笑する。

『願わくば鎌倉の行く先をずっと見ていたいが、人間の寿命は短くてな。だから頼んだぞ、白銀』

亡くなる前の春、思い返せばあれが二人で見た最後の桜だった。

将軍が死のうと、戦が何度も行われようと、人間の都合など知らぬ顔で美しく咲き誇る桜。

そして、時は流れた。

幕府は滅び、人々が着物から洋服を着るようになり、刀を捨てて商売を始め、鎌倉は観光客や外国人も訪れる、昔ながらの古都と呼ばれるようになった。

頼朝亡き後も、戦が起こったこともあった。

大きな地震が起き、建物が崩れたこともあった。

戦争や天災が起こるたびに、白銀は全力でこの地を守ってきた。

三年前も、龍神が鎌倉へと攻め込んできた。

「いい場所だな。海も近いし自然も多く、人も穏やかだ。気に入ったぜ。俺の住処《すみか》に加えてやってもいい」

浅黒い肌に青い目をした龍神は、町を見下ろし高笑いをしている。

水神である龍神が急に来たことで土地の均衡《きんこう》が崩れ、鎌倉は数日間、季節外れの大雨が続いていた。

台風でもないのに、局地的な大雨により水害が出て、住人が避難をしていた。

由比ヶ浜上空を我が物顔で飛んでいた龍神に、白銀が立ちはだかる。

「龍神さん、ここはあんたが住むような場所じゃない。帰んなよ」

白銀は屋根の上から睨みつけ牽制《けんせい》をする。

しかし人型のあやかしであり、強大な霊力を持つ龍神は、挑発するように前髪を掻《か》き上げる。

「嫌だと言ったら？」

下品な笑みを浮かべ、両腕を広げる龍神。

白銀は舌打ちをし、

「素直に帰らなかったこと、後悔させてやるよ」

と吐き捨てると、手のひらから銀の光を放ち、龍神に向かって跳び立った。

負けたら鎌倉は龍神に占領され、さまざまな天災に悩まされる悪《あ》しき地となってしまう。

三日三晩と続いた戦いは、白熱を極めた。

最後の最後、白銀は己の中の霊力を使い、龍神の上へと雷を落とし、なんとか防衛に成功した。

服は焦《こ》げ、耳も尻尾もびしょ濡れで、今にも倒れそうなぐらい疲れ果て、若宮大路の道路に着地した時、鎌倉中のあやかしは怯えるような顔で自分を見ていた。

千年を生きた狐は、天狐《てんこ》と呼ばれ神格化されるらしい。

いつからかみんなが天狐《てんこ》と呼び、恐れるようになった。

濡れた体が潮風にあおられ、とても冷える。

もう昔の、木の実を食べ自由気ままに生きていた小狐には戻れないのだと、口の端を歪《ゆが》めた。

白銀は思う。

誰にも理解されなくていい。

自分の名づけ親であり、唯一の親友の、最後の望みを叶えたい。

この町の平和は千年の間、自分がずっと孤独に戦い続けた結果だ。

あやかしのために、御神木に霊力を奉納する保険制度ができる？

いいじゃないか。苦しむあやかしがいなくなるならそりゃあ良い。

若いお嬢ちゃんがその相談役？

心配だ、人間で解決できそうにないことは俺がついていって、霊力でも何でも使って解決してやろう。

好きなだけ俺を悪者にすればいい。

それで人間が、あやかしが、この地が栄えるならそれでいい。

きっと、親友もあの世で喜んでいるはずだ。

桜霞神社の鳥居の上で、白銀はどこか淋しげに微笑む。

そして、ゆっくりと紗奈は夢から目を覚ました。

胸が苦しくなる、温かくも、寂しい夢だった。

ふと、自分の頬に一筋の涙が流れているのに気がついた。

千年を生きた天狐《てんこ》の、気高く強く、しかし孤独なその生涯を思って、涙が止まらなかった。

＊　＊　＊

顔を洗い歯を磨き、朝の支度がすんでも、紗奈の頭の中ではさっき見た夢の内容が繰り返されていた。

桜霞神社を建立《こんりゅう》したのは、鎌倉幕府の征夷大将軍である源頼朝だというのは、この神社に生まれた紗奈はもちろん知っていることだ。

しかし、歴史の教科書で習った偉人と、白銀があんなに懇意《こんい》だったとは想像もしていなかった。

彼の半生を、まるで自分の人生のように感じられたリアルな夢。

朝ごはんを食べようと、給湯室でおにぎりと卵焼きを作り、お味噌汁とともに社務所へと持っていく。

机に載せ座布団に正座をする。ぼんやりとしながら朝ごはんを食べていると、お味噌汁の塩気が頭を覚めさせてくれる気がした。

がら、と引き戸が開く音がして、銀色の耳が部屋の中へ入ってくるのが見えた。

「おう、おはよう」

朝食を食べている紗奈を見つけて、白銀が軽く挨拶をしてきた。

忙しくて声を交わすのも久々だ。

寒くてしょうがない、と愚痴《ぐち》を言いつつ、白銀はストーブの前に座り込み、冷えた体を温めている。

大きな尻尾が温風に当てられ、心地良さそうに左右に揺れる。

「白銀様、お腹減りませんか」

紗奈は自分の食事を指差して、一緒に食べないかと促した。

白銀は肩越しに振り返って一瞥《いちべつ》するが、首を横に振る。

「……いや、他の奴らに食べさせてあげな」

いつもの食欲旺盛《おうせい》な彼はどこへやら。

卵焼きを頬張り、咀嚼《そしゃく》しながら、紗奈は白銀の後ろ姿を見つめる。たくましい大人の背中。それが、夢の中で見た幼く小さい狐のあやかしの姿と重なった。

「白銀様は、頼朝様との約束を守るために、ずっと頑張ってたんですか」

言ってしまった。

紗奈は唇を噛み締め、白銀の返答を待つ。

ストーブの前に座っていた白銀が、金色の目を見開き、驚いて振り返った。

ゆっくりと立ち上がると、朝餉《あさげ》を食べている紗奈の前に歩み寄る。

「なんで、それを」

頼朝のことも、約束のことも。誰にも明かすことなく過ごしてきたのだろう。

二十数年しか生きていない、人間の紗奈がなぜ知っているのかと、言葉を失っているようだ。

「夢で見たんです。白銀様の名前は頼朝様がつけたのだと。とても穏やかで優しい方でした。白銀様は、大火事や龍神様から鎌倉を守ってくださったんですね」

あの夢が本当なのだとしたら、彼には感謝しかない。

ありがとうございます、と頭を下げた紗奈を見つめ、白銀は眉間に皺《しわ》を寄せていた。

「不思議な夢でした。白銀様の喜びや悲しみも、手に取るようにわかる」

頼朝に出会い、名前をもらい、一緒に様々な催《もよお》しや景色を眺めていた時の喜びも。

彼を失った時の、胸に穴が空《あ》いたかのような悲しみも。

様々な天災やあやかしと戦った時の強い覚悟も。

過去を思い出して、ふとした時に感じる虚《むな》しさも。

全て白銀が、今まで感じてきた気持ちなのだろう。

何を考えているかわからない、気まぐれで傍若無人《ぼうじゃくぶじん》な天狐《てんこ》の、心の底が見えた気がした。

白銀は静かに紗奈を見つめていたが、ゆっくりと唇を開く。

「それは、霊想夢《れいそうむ》だな」

「れいそうむ……？」

聞き慣れない言葉に紗奈が首を傾げると、白銀は腕を組んだ。

「人間が、特定のあやかしのことを想い、深く愛情を持った時、あやかしの霊力と共鳴して、そのあやかしの長い半生を見る夢らしい。そいつをもっとよく理解するために、な」

数十年しか生きられない人間にとって、数倍も数十倍も生きるあやかしの一生は、語ってもらっても簡単には理解することはできないだろう。

そのため、夢の中でまるでひとつの映画を観るかのようにその半生を感じ取れるのか。

焼ける火の熱さや、紫陽花《あじさい》の香り、雨の冷たさも感じることができるリアルな夢は初めてだった。

紗奈が、そんな夢があるんだと興味深そうに頷いていると、不意に白銀が笑い出した。

とても嬉しそうに。

「お嬢ちゃん、よっぽど俺のことが好きなんだなぁ」

霊想夢《れいそうむ》とは、『特定のあやかしのことを想い、深く愛情を持った』人間が、そのあやかしの半生を見る夢だと白銀は先ほど言っていた。

急に恥ずかしくなった紗奈は、おかしそうに笑う白銀を慌てふためきながら制止する。

「もう、からかわないでください」

その様子も面白いのか、白銀は腹を抱えている。

息をつくと、昔のことを思い出すように、そっと言葉を紡《つむ》いだ。

「変なおっさんだったよ。俺みたいなちっぽけな狐のあやかしを気に入って、自分の神社の祀《まつ》り神《がみ》にするなんざ。天下人っていうのは、ああいう性分なのかね」

この神社の祀《まつ》り神《がみ》を銀色の毛並みの狐とする、という遺言に、白銀ならこの地を守ってくれると信じていた頼朝の気持ちが見て取れる。

「とても信頼されてたんですね」

「……どうかな」

白銀は昔を思い返し目を伏せた。

髪を掻《か》き上げると、紗奈に向き直る。

「ちょっと、出かけてくるわ。お嬢ちゃんの気持ちはありがたく受け取っておくぜ」

紗奈が慌てて反論するも、けけけ、と笑って障子を開け社務所から去っていってしまった。

また腹ごしらえに街にでも出たのだろうと、紗奈はすっかり冷めてしまった味噌汁をすすり、おにぎりを齧《かじ》る。

しかし、一週間経ってても白銀は神社に戻ってはこなかった。

頼朝がこの世を去った一月十三日に、白銀もふらりと姿を消したのだ。

＊　＊　＊

『産まれたばかりですが、あまり泣かず、母親の乳も飲まなくて……』

神主の彰久に子供が生まれたと聞いたので訪ねてみたら、泣きそうな顔で赤子を抱く姿に驚いた。

どうやら、赤子は体が弱いらしい。医師からは、このままでは長く生きられないかもしれないと告げられたそうだ。

子供を思う親の気持ちは計り知れないだろう。

『この子の名前は？』

『紗奈です。半月前に産まれた私の娘です』

『そうか。……強い子に育つんだぞ』

白銀は思った。このまま命朽ち果てるのも、この子の天命なのかもしれないが、俺の指を、小さな手のひらで掴む力は力強い。

この子は生きたがっている。

あやかしと違い、人間に霊力を渡したところで意味はないかもしれない。

しかし桜霞神社に生まれ、きっとあやかしの言葉が聞こえる人間に育つはずだから。

その血筋の子供なら、生命の源《みなもと》である霊力を分けられるかもしれない。

そうして、白銀は自らの指を握るその赤子に、霊力を注ぎ込んだ。

天狐《てんこ》の特徴と言われる、銀色の澄《す》んだ光が、父の腕に抱かれた赤子を包み込む。

『良い子だ』

たくさん泣いて、たくさん乳を吸って、大きな子になれと願いを込めて。


数年が経った。暖かい春の日に、桜の木の上で昼寝をするのも風流だろうと横になっていたら、幼い子供がまるで俺がわかるかのように見上げてきた。

『良かったら、おひとつどうぞ』

独り言のつもりだったが、草団子を差し出してきた。

『お嬢ちゃん、俺の声が聞こえるのか？　名前は？』

『紗奈です』

――あの時の赤子か。

目も開かず泣くこともできなかった赤子が、社務所の外を駆け回れるぐらい成長したのか。

そうか、大きくなったな。

羽のように軽いその子を肩に乗せ、桜の木の上に跳び上がる。

『その力をどう使うかは、お嬢ちゃん次第だ』

俺の霊力を分けてやったから、あやかしの喜びも苦しみも感じられる人間になるだろう。

強く、気高く、優しい人になれよ。

俺がそばで見守ってやるよ。次期神主のお嬢ちゃん。

＊　＊　＊

紗奈は目を覚まし、自分がまた霊想夢《れいそうむ》を見たことを確信した。

白銀の気持ち、優しさ全てを感じることのできる、不思議な夢。

自分が生まれたばかりの時は、体が弱くて不安だったと、以前父から聞いたことがあった。

まさか、白銀に霊力を分けてもらっていたとは。

だから桜の木の下で草団子を渡した際、名前を告げた時に一瞬驚いた顔をしたのか。

今自分がこうして過ごしているのは、白銀のおかげだったなんて。

感謝してもし足りない。どうして今まで気がつかなかったんだろう。

誰よりも優しいあやかしが、ずっとそばにいて見守ってくれていたのに。

そんな彼は、社務所からふらりと姿を消したまま、もうしばらく帰ってこない。

木枯らしが吹き、雪さえもちらつくような真冬に、一体どこに行ってしまったのか。

桜霞神社の中を探し回る。本堂の裏、境内《けいだい》の周り、太鼓橋の池の木陰、今宮の辺り。

人気《ひとけ》の少ない場所や物陰まで探したが、白銀の姿は見当たらない。

もう一週間が経とうとしていた。

「一体どこに行っちゃったの……？」

紗奈は不安で胸がいっぱいになった。

コートとマフラーを着た体を一月の風が通り抜け、身震いをする。

ちょっと出かけてくる、とだけ言い残しどこへ消えてしまったのか。

気まぐれで自由気ままな天狐《てんこ》の背中を思い出す。

最近の憂《うれ》いを帯びた表情といい、何か引っかかる。

参拝客の間を通り抜け、辺りを見回して白銀を探す。心配ばかりが募っていく。

頭上からばさばさ、と鳥の羽音がした。

屋根の上に乗ったのは、八咫烏《やたがらす》の弥助と夜雀《よすずめ》の栗太だ。

気がつけばいつものおにぎりを食べる時間だった。作る暇なく白銀を探していた紗奈は、切らせていた息を整える。

「ごめんね二人とも、ちょっとご飯をまだ作れてなくて……」

紗奈が申し訳なさそうに謝るが、二人は文句などは言わなかった。

「……紗奈殿、白銀様を探してらっしゃるのでしょう？」

神社の手伝いをするわけでもなく、社務所の相談窓口にいるわけでもなく、あてもなく敷地内をさまよっている紗奈に、弥助が問いかける。

気づかれていたか、と紗奈が頷く。

「少し前から、白銀様は体調が悪そうでした。ご本人は他の者に気づかれぬよう振舞ってらっしゃいましたが」

弥助がくちばしを開き、心配そうに話す。

紗奈が眉間に皺《しわ》を寄せ驚くと、栗太も横で頷いた。

「なんか様子が変だったよな」

やはり、神社に頻繁に出入りする二人も、ここ最近の白銀の様子に勘づいていたようだ。

黒い羽根を揺らしながら、弥助は目を細めぽつりと語る。

「だいぶ霊力が減ってらっしゃるご様子に見えました。おそらく、先日の天狗《てんぐ》様に霊力を大量に分け与えたのが響いているのかと」

「え……！」

一ヶ月ほど前に、鎌倉山の鞍馬天狗《てんぐ》が弱っていたから、白銀自ら霊力を分け与えた。その霊力の光はとても眩しく、光り輝いていた。

瀕死の状態の人型のあやかしを健康な状態に戻すため、霊力を分け与えるのは、同じく人型のあやかししかできない。

それを行なった白銀は、ひどく霊力を消耗し、疲れ切ってしまっていたのだろう。

彼はそうなることをわかっていたが、それでも天狗《てんぐ》を助けた。

白銀は桜霞神社の祀《まつ》り神《がみ》だ。この神社に祀《まつ》られし気高き存在だ。

だからこそ、毎月行われる霊力奉納の儀式の際、御神木に霊力を納めたりはしていない。

彼の存在がこの神社のシンボルであり、強きあやかしのため他のあやかしとは違う特別待遇だったのだ。

そのため――霊力が減り傷ついても、御神木から霊力をもらうことはできない。

白銀の霊脈を持つ霊力が納められていないため、彼もまた天狗《てんぐ》と同じ『無保険』状態だ。

盲点であった。

多大なる霊力と強さを誇る祀《まつ》り神《がみ》の天狐《てんこ》が、自らの存在を脅かされるほど霊力を消耗するなど思っていなかったのだ。

彼が、自らの力を使って天災や龍神から鎌倉を守り、傷ついた者に手を差し伸べる、優しい祀《まつ》り神《がみ》だったから。

悠々《ゆうゆう》と、ただ世の幸も不幸も諸行無常だと眺めるだけの、お飾りの存在ではなかったからこそ、起こってしまったことだった。

紗奈は思った。

白銀様は、ふらりと姿をくらましたまま、どこか一人で消えてしまうのではないかしら、と。

千年の間鎌倉を守り続けた男は、力は尽くしたと満足し、いなくなってしまうのではないか。

霊想夢《れいそうむ》を見るほど、毎日白銀と一緒に行動し、感謝し、その心の真意を知りたがった紗奈だからこそ、そう思ったのだ。

頭を巡らせる。

人間の自分にできることはひとつしか無い。

歯痒《はがゆ》くてしょうがないが、やれることをしよう。

それには、この二人の協力が不可欠だ。

紗奈は屋根の上で心配そうにしている鳥型のあやかしに声をかける。

「弥助さん、栗太さん。お願いがあるのだけれど——」

＊＊＊

寒空の下で一人、白銀はあくびをした。

ベンチに座り、足を投げ出して曇天《どんてん》を見上げる。一月の空は暗く重く湿っている。

千年ほど前、晩年の頼朝と景色を眺めた場所、長谷寺。

自然と足が向いてしまった。ずっと忘れていたが、この場所は自分にとって特別なところだったのだろう。

六月の梅雨頃《つゆ》には色とりどりの紫陽花《あじさい》が美しく咲き誇り、観光客で賑わっているが、真冬の今は植物は枯れ、人っこ一人いない。

展望台からは立ち並ぶ家と、江の島まで続く湘南の海が一望できる。

海の果てにカモメが飛んでいるのが見えた。

桜霞神社にはもう帰るつもりはなかった。

霊力は無様にもすっからかんで、立っているのもやっとな状態だ。

ベンチに身体を投げ出し、深く息を吐く。

桜霞神社の祀《まつ》り神《がみ》ともあろう者が、情けない。

三年前の龍神との三日三晩にも及ぶ死闘の際、相手の攻撃により胸に大きな傷を作り、それはじわじわと体を蝕《むしば》んでいた。

毒のように侵食される痛みが、もうずっと消えないのだ。

霊力の回復には、よく食べ、よく寝て、健《すこ》やかに毎日を過ごすのが一番だとあやかし達の間で言い伝えられているため、白銀は人一倍食事を取り、たくさん寝て回復を図っていた。

その甲斐《かい》あって、三年かけて少しずつ霊力は戻りつつあったのだ。

しかし、先月鞍馬天狗《てんぐ》を救うために、再び相当な霊力を使ってしまった。

おかげでまた振り出しに戻った。霊力は空《から》っぽで、胸の傷は再び鈍《にぶ》く疼《うず》きだしている。

「……寒いな」

耳も尻尾も狐の毛で覆《おお》われているが、真冬の外は寒かった。

頬が冷たくなったと思ったら、粉雪が舞っていた。

初雪だ。白く柔らかい雪が降り注ぐのは幻想的だったけれど、体温を否応無しに奪っていく。

「あー、疲れたなぁ」

白銀は伸びをして、ベンチの上に寝転がった。

空から降る初雪が、ちらちらと降り注ぐのが見える。

「……俺にしちゃ、やれるだけやったもんだろ」

鎌倉の端に生まれたちっぽけな小狐が、親友である将軍との約束を守るために、我ながらよくやった。

あやかしは永遠の命というわけではない。歳をとるとともに霊力が減り、誰もがいずれ消えて天命を全《まっと》うする。

きっとそれが今だ。

千年前の大火災も、龍神との対決も、鞍馬天狗《てんぐ》の救出も、自分はやれるだけのことをやった。後悔はない。

名前と誇りと生きる意味を与えてくれた親友のために、できることはした。

それに、今はあのお嬢ちゃんがいる。

頼りなくて情けないけど、正義感が強く、いつも一生懸命な彼女のことだ。あやかし達からも愛され、健康保険法を元に作った制度で怪我や病気をした多くのあやかしを救ってくれるだろう。

安心した。俺がいなくてもきっともう大丈夫だ。

白い息を吐いたら、腹が鳴った。

ああ、なんか最後にうまいもん食べたかったなぁ、と白銀は笑って目を閉じた。

どのくらいそうしていただろう。

冷たい風にさらされ、瞼《まぶた》を閉じて遠い過去のことばかり思い出していた。

黄泉《よみ》の国は、うまいもんがあるといいな、と先を行く頼朝の背中を追いかけた。

しかしふと、頬に雫が落ちてきた。

ぽた、ぽたと、雨にしては温かい雫。

「―――さま」

いつも聞いていた、馴染《なじ》み深い声。

「――しろがねさま、おきて」

柔らかい手が自分を優しく揺さぶっている。

もう寝かせてくれ、俺は疲れたよ。

そう心の中で呟くも、聞いてやくれない。しまいには大声で、耳元で呼びかけられた。

「白銀様！」

紗奈の声だ。

そして白銀は、性懲《しょうこ》りも無く目を開けた。

虚《うつ》ろな金色の瞳は、自分を覗き込む少女の姿を探し映す。

雪に濡れた髪を振り乱し、紗奈は目に涙を溜めて白銀を見つめていた。

大粒の涙が紗奈の頬を伝い、白銀の頬へと落ちてくる。

なにまた泣いてんだ。相変わらず泣き虫だな、お嬢ちゃん。

白銀は目を細めて紗奈を見つめる。

「なんで」

ここがわかった、と言おうとして、乾いた唇がもつれ咳が出た。

紗奈は持っていたミネラルウォーターのペットボトルを開け、白銀の口元へゆっくり注ぎ込んだ。

喉が渇いていたのだろう。ごくごく、と喉を鳴らして、白銀が水を飲み込む。

「わかりますよ。霊想夢《れいそうむ》を見たんですから。ここには頼朝様との大切な思い出があります。鎌倉中を見渡すことのできる、約束の場所です」

あやかしに対して、深い愛情を持ち、強く想った者だけが見られる、霊想夢《れいそうむ》。

いつでも紗奈は白銀を想っていた。

天邪鬼《あまのじゃく》で、だけどいつも大事な時に助けてくれる、優しい天狐様。

失礼します、と紗奈は声をかけ、白銀の服の襟元を緩めた。

いつもきっちりと整えられている服をはだけさせると、右の首の下から左胸にかけて、深々とした傷跡が刻まれていた。

夢で見た、龍神との壮絶な戦いの際に負った傷だ。自分で無理やり縫ったのか、傷は塞がってはいるが、痛々しい傷跡だった。

細い指で、紗奈がそっとその傷を撫でる。

「気がつかなくてごめんなさい。白銀様が鎌倉のためにずっと頑張ってくださっていたのも。三年前からこんな大きな傷を負っていたのも、今霊力が尽きそうなのも」

傷つき辛い思いをしているあやかしを救うために、作った制度。それを必要としている人が、一番そばにいたというのに。

自分が情けなくてしょうがない。いつも明るく、飄々《ひょうひょう》と笑っていた白銀は、当たり前ではなかったのだ。

「……生まれたばかりの私のことも、救ってくださったのはあなただったんですね」

学校に行って、仕事に就《つ》いて、当たり前の日常を過ごせているのは、命の炎が消えかけていた乳飲み子の自分に、霊力を与えてくれた白銀のおかげだった。

感謝してもしきれない。そんな彼に礼も言えず、会えなくなるなんて辛かった。

だから、きっとここにいると信じて長谷寺へと急いでやってきた。長く続く石段を駆け上がり、力無く横たわる白銀の姿を見つけた時には涙が溢れ出た。

白銀は紗奈の顔をじっと見つめていた。声が出ないのだろう、瞼《まぶた》は今にも閉じそうだ。

気がつかなかった自分は馬鹿だった。

でも、間に合った。一週間前、頼朝の命日にふらりと姿を消してしまった彼を、助けるのに遅くはなかった。

「ありがとうございます。今度は、私達が白銀様を助ける番です」

紗奈はそう言うと、白銀の手を自分の両手で包み込んだ。冷え切った彼の指先を、優しく温める。

白銀はぼんやりと、覗き込む紗奈の顔越しに、空から降る白い雪を眺めていた。

その雪の中に、淡く輝く光が見えた気がした。

こんな雪空に輝くのは、太陽光でも星の光でもない。

小さな淡い光が、ゆっくりと空を舞っていた。

まるで水辺を飛ぶ蛍のように、ほのかな輝き。

見間違えではない、それはあやかしの放った霊力だ。

雪とともに、その霊力の光はくるくると回りながら、力無く横たわる白銀の体へと吸い込まれていった。

どういうことだ、と目で白銀が紗奈に問いかける。

「弥助さんと栗太さんに、夢で見た内容を全て話しました。白銀様が、ずっと鎌倉を守ってくれていたことを」

神社に毎日来る、馴染《なじ》みのあやかし。おにぎり仲間の二人に、最初に全てを話した。

栗太は大層驚いていたが、弥助はなんとなく察していたのか、穏やかに笑っていた。

「そして二人に、そのことを鎌倉中のあやかしに伝えるようお願いしました。翼のある彼らが、一日中かけてみんなに説明してくれたんですよ」

鳥型のあやかしはその翼ゆえ、移動が速い。そして毎月の霊力奉納の儀式の際、忘れる者がいないよう二手に分かれて鎌倉中のあやかしに声をかけているので、慣れていた。

数百いるあやかし達に、白銀の本性を、その偉業を伝えたのだ。

ある者は驚き、ある者は信じられないと息を呑み、ある者はなんて素晴らしいの、と涙していた。

そうして伝えられたあやかしが、同じあやかしの仲間に伝える。

伝言ゲームのような要領で、白銀が一人でずっと鎌倉を守ってくれていたこと、今まさに傷つき、瀕死の状態だというのを広めた。

白銀が少し眉を寄せた。そんなことしなくていい、俺が勝手にやったことだ、と言いたいのだろう。

でも、何もかもを抱え込んで一人ひっそり消えるなんて、そんなの辛すぎる。

「これはみんなの気持ちです。白銀様、受け取ってください」

空には、たくさんの光が輝いていた。

大きさも、色も形も様々な、あやかし一人一人の個性ある霊脈が現れた、光。

まるで、流れ星のように。

由比ヶ浜から、材木座から、小町通りから、御成町から、鎌倉山から、若宮大路から、雪ノ下から、二階堂から。

鎌倉の東から西まで、全ての場所に住まうあやかし達から、白銀を救おうと霊力が送られてきた。

放物線を描いて高く飛ぶ光は、空から落ち次々と白銀の体へと吸い込まれていく。

胸に大きく刻まれた傷を癒《いや》すように、温かい光が彼を取り巻く。

誰にも強制はしていない。

彼の勇姿を聞いたあやかし達は、自ら、命の源《みなもと》でもある霊力を彼に送ったのだ。

まるで彼自身が輝いているように、無数の光が白銀を包み込む。

そうして、ゆっくりと白銀は半身を起こした。

目を開けるのですら辛そうだった彼が、自分の力で起き上がったので、紗奈は手を差し伸べ背中を支えた。

見上げた空には、まだ各所から霊力が飛んできているのが見える。

ひとつひとつの光は、白銀へ向けた感謝の気持ちだ。

「もう一人じゃないですよ、白銀様」

背中をさすりながら紗奈が言う。

胸の傷は静かに、霊力の光によって消えていく。

「……そうだな」

白銀は自分の体に力がみなぎっていくのを感じた。傷はもう痛くない。

いつからかずっと空《あ》いていた胸の空洞も、埋まった気がした。

「急にいなくなって、勝手に消えるなんて、ひどいですよ。心配、したんですから」

紗奈の瞳から溢れ出る涙を、白銀は優しく指で拭《ぬぐ》った。

強がる言葉も、雪と光に溶けて消える。

「……ああ、そうだな。悪かった」

雪に濡れる紗奈の髪を撫でる。

「弱っていく姿を、お嬢ちゃんに見られたくなかったのかもな」

少し恥ずかしそうに、悔しそうに言う白銀がなんだかおかしくて、紗奈は息を漏《も》らし笑ってしまった。

「強がってばかりでなく、もっと頼ってください。曲がりなりにも私は、社務所保険窓口の責任者なんですからね」

「ほお、言うようになったじゃないか」

強気に出た紗奈をからかうように、額にデコピンする白銀。

痛くて悶《もだ》えていたら、背後から鳥の羽音が聞こえた。

「白銀、大丈夫かよ！」

「ご無事で何よりでございます」

栗太と弥助だ。鎌倉中を飛び回って、大勢のあやかし達に報告をした彼らは功労者だ。

慌てて声をかける栗太と、安心してほっと胸を撫で下ろす弥助が、白銀のそばの木の枝にとまった。

「おう、ありがとなお前達。おかげで死なずにすんだわ」

いつもと同じ軽い調子で、けけけ、と笑って白銀が尻尾を動かす。その間にも霊力は絶え間なく彼の体へ吸い込まれていく。

「水臭いじゃないか、龍神のこととか、天狗《てんぐ》のこととか知らなかったぜ」

「あやかし達みんなの誤解が解けましたよ」

紗奈から聞いた話をあやかし達に伝えてくれた彼らは、みんなの反応を間近で見られたのだろう。乱暴者の横暴者と思われていた白銀の誤解が解けて安心した。

「紗奈ちゃん、驚いたわよ。水臭いじゃない、白銀様！」

甲高い声が聞こえたので振り向くと、木の枝からぴょんと飛び跳ねたリスが、紗奈の肩に乗ってきた。

鉄鼠《てっそ》の梅子だ。

「心配ちたわよぉ、鉄鼠《てっそ》と猫又にはあたちらが伝えたから安心ちてね」

梅子は大きな黒い瞳を潤《うる》ませ、白銀を見て頷いた。心配して小さい体でわざわざ長谷寺まで走ってきたのだろう。

「……無事で良かったです」

足元には、白い猫がいた。久しぶりに見た、猫又の雪斗だ。

梅子の後輩として御成通りで仕事をしている彼だ、梅子に言われるがままついてきたのかもしれない。石段を登ってきて少し疲れているようだ。

白銀を見上げると、耳を下げる。

「……白銀様にもらった破魔矢のおかげで、僕は毎日眠れるようになりました。お礼が遅くなりましたが、本当にありがとうございました。今度は、僕達が力になれればと思って」

仕事の人間関係に悩み、心を病んで眠れなかった猫又の雪斗に、白銀は自ら作った破魔矢を差し出していた。彼は恩返しがしたいと、ずっと思っていたという。

社務所に相談に来て、助けられたあやかし達はみんな白銀に感謝していたのだ。

「それにちても、すごい量の霊力ねん」

「鎌倉中のあやかしの分ですから。御神木に毎月納めてるぐらいの量が集まってきてるのでしょうね」

梅子と雪斗が、いまだに四方八方から飛んでくる霊力の光をうっとりと眺める。

幻想的な輝きは、ひとつ残らず白銀の体に灯り、体を癒《いや》していく。

「白銀様が無事で良かった。何より、紗奈殿のおかげです」

弥助の言葉に、あやかし四人が頷いた。

白銀のことを心配し、想い続けたからこそ見ることができた霊想夢《れいそうむ》。

あやかし達の相談事のたびに、そっと力を貸してくれる。

傷ついた天狗《てんぐ》に霊力を差し出し、龍神と戦った。

トンビに化《ば》けた栗太から、うなされていた鞍馬天狗《てんぐ》の攻撃から、守ってくれた。

生まれたばかりの紗奈に霊力を与え、強く生きさせてくれた。

そんな白銀が鎌倉にしてくれた全てを紗奈が伝え、感謝したあやかし達から霊力を送ってもらうことで、白銀は再び自分の足で歩くことができた。

紗奈の白銀を想う気持ちが、彼を救ったのだ。

寒空の下、雪と光が降り注ぐ。

光り輝く長谷寺の展望台で、白銀が立ち上がった。

「ありがとう、紗奈」

初めて名前を呼んだ白銀は、紗奈の目を真っ直ぐ見つめ笑った。

天邪鬼《あまのじゃく》な彼の、いつもの意地悪な笑顔じゃない。
気を許した人にだけ見せる、優しい笑顔で。

エピローグ　源氏山、桜霞神社の紗奈

寒い冬が過ぎ、暖かい季節がやってきた。
陽の光が射し込む社務所の窓を開けた紗奈は、春の香りを吸い込む。
社務所の前の窓に、あやかしだけが読める文字で書いた札を貼っておく。
そこには、『本日定休日』と書かれていた。

源氏山公園に着くと、辺り一面桜の花が満開になっていた。
入り口から桜並木が立ち並び、ソメイヨシノが青空高く咲き誇っている。
風が吹くと、薄紅の花びらが舞う。
晴天、今日はみんなでお花見をする日だ。
「紗奈ちゃん、こっちよーん！」
桜の枝の上から、鉄鼠《てっそ》の梅子がぴょんと跳ねてきた。野生のリスに化《ば》けている彼

女は他の人間からも見えるため、可愛いと花見客が桜とリスを写真に収めていた。

ちゃっかり者の彼女は自分が良く写るポーズをとっている。

「広場の方、場所取りちといたからね！」

「ありがとう」

梅子は枝を伝って広場へと向かい跳んでいった。

「張り切ってるな。俺は腹が減ったから早く弁当が食いたい」

久々に人間に化《ば》けている白銀は、短い黒髪を掻《か》きながらあくびをした。薄手のロングシャツにチノパンで春らしい装《よそお》いだ。

紗奈も冬の間は寒くて出番のなかったワンピースを来て、上機嫌だ。

「ふふ、楽しみにしといてくださいね。いっぱい作りましたから」

お弁当が入ったエコバッグを掲げながら自信満々に言うと、楽しみだ、と白銀が笑った。

公園の入り口には、甲冑《かっちゅう》姿であぐらをかいた男性の銅像が鎮座している。

その横には、『源頼朝公』という文字が。征夷大将軍を崇《あが》めた銅像である。

白銀はその顔をじろじろ見た後、あんまり似てないな、と自分の顎《あご》を撫でた。

確かに夢で見た頼朝よりちょっと精悍《せいかん》すぎる気がして、紗奈も思わず噴き出す。

広場は家族連れやカップルなどで賑わっていた。

一際立派な桜の木の下に、大きなレジャーシートを敷いて手を振っている人がいた。

「やあ、こんにちは。良い天気で花見日和《びより》だね」

天狗《てんぐ》の鞍馬だ。

彼もまた人間に化《ば》けており、特徴的な天狗《てんぐ》の黒い羽を消し、藍色《あいいろ》の着物に長い黒髪を結び座っていた。茶道の師範代といったような、和風の雅さがある。

今日は仲の良いあやかし達に紗奈が声をかけて、花見をしようと提案したのだ。

一番乗り気だったのは鞍馬で、鎌倉山から来て朝から場所取りをしてくれていた。

「素敵な場所ですね。鞍馬さん、わざわざありがとうございます」

紗奈が靴を脱いでレジャーシートに上がりながらお礼を言う。

「ふふ、おなごを待つのも男の楽しみだ」

と、鞍馬は手に持ち読んでいた文庫本をそっと閉じた。

涼しげな目で見つめられ、紗奈がうろたえていると、

「そりゃあご苦労なことだな」

白銀が紗奈と鞍馬の間にあぐらをかいて座った。

鞍馬は子供っぽい白銀の態度に眉を上げる。

「男の嫉妬は見苦しいよ、白銀殿」

「お前はいちいち癇《かん》に障《さわ》るんだよ！」

あっかんべーをする白銀に、やれやれとため息をつく鞍馬。

助けて以来、毎月奉納の儀式の度にわざわざ神社に来て紗奈に話しかける鞍馬と、それに苛つき喧嘩する白銀は、もはや神社の恒例行事となっていた。

切れ長の目で和風な鞍馬と、大きい目で明るい顔立ちの白銀は、タイプは違えどどちらも美形なため、そんな二人といる紗奈を、通りすがりの女性達が羨ましそうにちらちらと見てくる。

人間に化《ば》けていても、目立つ二人である。

「おー桜が満開だなぁ！」

「特等席でございますね」

桜の枝に夜雀《よすずめ》の栗太と八咫烏《やたがらす》の弥助がとまり、圧巻の景色に感動している。

毎日会ってはいるが、やはりお花見は特別なのだろう。紗奈が誘ったら、ふたつ返事で行くと即答していた。

「みんな揃っているわね、はじめまちょ」

「お……お邪魔します」

元気なかけ声の梅子と、引っ込み思案の白猫、雪斗も集まり、花見が始まった。

「お弁当作ってきましたよ、はいどうぞ！」

紗奈が鞄から三段のお重を取り出し、蓋を開けて広げた。

人数が多いし、正月のお節料理に使うお重にたくさんおかずを詰め込んだのだ。

一段目には、丸く握った色々な種類のおにぎりが詰められている。ゆかり、おかか、のりたま、青菜、明太子の五種類で色とりどりである。ハートや星の形に切った海苔《のり》が可愛らしい。

二段目はサンドイッチである。ツナ、卵、ハム、ベーコン、チーズ。色々な具材が挟まったサンドイッチは、プレーンなものと、ホットサンドとしてカリッと焼いたものと二種類ある。お好みでどうぞ、と促す。

そして三段目はおかずだ。卵焼きにミートボール、唐揚げにポテトサラダ。タコさんウィンナーにちくわキュウリ、デザートに苺とマスカット。

量が多いためおかずの内容自体はシンプルだが、彩《いろど》りや見栄えには気を遣った。

みんなから歓声と拍手が上がった。

「美味ちそう、食べまちょ！」

梅子が手を叩いて喜んでいるので、人数分の紙皿を準備し、取り箸で紗奈が取り分ける。

腹がすいたと豪語していた白銀は、我先にと唐揚げを皿に盛り口に放り込んだ。咀嚼《そしゃく》し、うまいうまいと笑う。

鞍馬はあまり洋食には縁がないのか、物珍しそうにベーコンとトマトのＢＬＴホットサンドを手に取り、一口食べる。

「ほう、こういう味なのか。野菜と肉が同時に摂れるし美味しいな」

気に入ったのか、ぱくぱくと口に運ぶ。美味しいと言ってもらえると、純粋に嬉しいものだ。

梅子はミートボールを手に持ち、まるで木の実を齧《かじ》るように食べつつ頬袋をパンパンにしているし、雪斗は甘めにした卵焼きを食べている。弥助と栗太はやはりおにぎりが好みなのか、梅とおかかをつついていた。

「もう一人呼んだんだけど、迷っちゃったかしら……」

紗奈がタコさんウィンナーを食べながら辺りを見回す。もう一人、たまたますれ違った時に声をかけ誘ったのだが、まだ来ていないようだ。

すると、桜の木の陰から虎猫が顔を出した。

「歳なもので、遅れて申し訳ありません」

低い声で話しかけてきたのは、御成町の猫又の長老、虎次郎だ。

でっぷりと太った体を揺らして、レジャーシートに座る。ここまで来るのも大変だっただろうに、紗奈との約束を守ってくれたのだ。

「と、虎次郎さん……！」

雪斗が虎次郎を見て、卵焼きを食べる手を止め声を上げる。

虎次郎は雪斗の元上司だ。彼は仕事でミスばかりするのが辛く、無口な虎次郎を恐れてしまったのであった。

久々に会ったのだろう。虎次郎は優しく雪斗を見つめた。

「雪斗、元気にしていたか。お前の小町通りでの頑張りは、こちらまで届いているぞ」

「……はい！　ありがとうございます！」

雪斗は瞳を潤《うる》ませ、大きく頷いた。

虎次郎は耳を垂れ、そっと微笑む。

「美味しそうだな、私も卵焼きをもらおうかな」

「ぜひ、一緒に食べましょう！」

皿に取った卵焼きを二人で美味しそうに食べはじめた。

紗奈はほっとした。二人の性格のすれ違いによって、部下の雪斗は心を病んでしまったが、時間が経った今、雪解けをするにはこの花見の席がいいのではないか、と虎次郎を呼んだのだ。

雪斗の心の傷がまた開いてしまわないか、少し懸念《けねん》していたが、小町通りでの仕事に自信を持った彼なら、虎次郎と和解できるのではないかと思ったのだ。

「それにしても、雪斗くん頑張ってるみたいね。フリーペーパー見たよ」

紗奈がサンドイッチを食べながら笑いかける。

去年、白銀が偶然見つけてきたフリーペーパーの表紙に載っていた白猫の雪斗。街のゴミを拾う可愛い看板猫だと、評判だったようだ。

今でもその白猫を見ようと、商店街には観光客がカメラを持って訪れるらしい。

「いや、恥ずかしいです。でもいい経験になりました」

雪斗は照れながら耳を垂らす。フリーペーパーのスタッフに、いつも通りの様子を撮《と》りたいと写真を撮《と》られたみたいだが、緊張したようだ。

「ま、雪斗くんはあたちが毎日ビチバチ教えてあげてるからねん。あたちのカリスマ性？　アイドル性？　を引き継いだおかげよね」

梅子がえっへん、と胸を張っている。梅子はだいぶ先輩風を吹かせている様子だが、彼女の素直な性格は気弱な雪斗にはちょうど良いのだろう。

「ほー自分でよく言うな」

「ちょ、やめて白銀様！　ほっぺ触らないで！」

パンパンな梅子の頬袋を指でつんつん触り、白銀がからかっている。食べた物が出る、と尻尾を巻いて梅子は木の枝を登って隠れた。

けらけらと笑っている白銀が、三つ目のおにぎりを手に取った。

栗太が、おい食べすぎだぞ！　と咎めるも、聞こえないふりをしておにぎりを口に放り込む白銀。

「それにしても、白銀殿は名実ともに、鎌倉の祀《まつ》り神《がみ》となったね。今や鎌倉中のあやかしが君に感謝している」

温かいお茶を飲んでいた和服の鞍馬がそう言うと、その場にいたあやかし達が全員頷いた。

「みんな白銀様が大好きですよ」

「千年も前から将軍様との約束を守っていたなんて、すごすぎるわ、英雄よ！」

雪斗と梅子がまるで憧れのヒーローを見るかのように、きらきらとした瞳で白銀を見つめる。

白銀は褒められることに慣れておらず照れているのか、むず痒《がゆ》いのか。口の中のおにぎりを呑み込むと、肩をすくめる。

「そんなすごい俺も、鞍馬天狗を助けるために霊力使い果たして死にかけたんだから、危ないところだったよなぁ」

「英雄様は、ひと言多いよね」

嫌味っぽく言った白銀に、さらに嫌味で返す鞍馬。

二人のやりとりにみんなが笑う。

紗奈は笑いながら、今ここにいるあやかし達はみんな、元は傷つき社務所に相談に来たあやかしなのだと改めて思った。

仕事を頑張りすぎて、腰痛に悩んでいた梅子。

由比ヶ浜で栗太とぶつかり、怪我をした弥助。

虎次郎との関係で悩み、眠れなくなった雪斗。

鎌倉山の火事を救い、倒れていた鞍馬。

そして、雪の降る長谷寺で眠っていた、鎌倉を千年守った白銀。

誰が欠けても、消えてしまっても嫌だった。助けることができて、本当によかった。

紗奈は熱いものが込み上げてきた。

社務所で自分がやったことは無駄ではなかったのだと、鉄鼠《てっそ》の、八咫烏《やたがらす》の、夜雀《よすずめ》の、猫又の、天狗《てんぐ》の、天狐《てんこ》の笑顔を見て心から思う。

一際強い風が吹き、桜の花びらが舞い上がった。

桃色に染まる美しい公園を眺めて、紗奈が笑う。

「来年も、またみんなで花見をしましょうね」

その言葉に、全員が頷いた。

白銀はふと、紗奈の笑顔に晩年の頼朝の姿を重ねた。

彼も同じことを言って、しかし一緒に桜を見ることは二度と叶わなかった。

傷ついても虚《むな》しくても、ずっと一人で、約束を守るために生き続けてきた。

だが、もう一人ではない。

紗奈の横顔を見つめ、心から信じた二人目の人間を、今度は必ず守ろうと。

来年も必ず桜を見に来ようと誓った。

「ああ。また、来よう」

白銀と紗奈は笑い合う。

「そうだ、これ」

紗奈がバッグの中から取り出したのは、笹の葉に包まれた草団子だ。

十数年前、幼い紗奈と白銀が初めて言葉を交わした、春の日に食べた団子と同じ。

「良かったら、おひとつどうぞ」

その時と同じ言葉を告げ、紗奈がそっと白銀に差し出す。

あの日あの時出会ったのは、運命か、必然か。

自分の命を、そして鎌倉の千年を救ってくれた気高き祀《まつ》り神《がみ》のそばを離れたくないと。こんな幸せな時間がずっと続けば良いと、紗奈は思った。

「ああ。いただこうか、お嬢ちゃん」

当時と変わらぬ無邪気な笑顔。

白銀は大きな口を開け、紗奈の持つ団子にかじりついた。


今年も鎌倉に春がやってきた。

傷ついたあやかしは、いつでも桜霞神社の社務所までおいでくださいませ。

天邪鬼《あまのじゃく》な天狐《てんこ》と、頑張り屋の神主見習いがお待ちしております。

煌びやかな女の園『月華後宮』。国のはずれにある雲蛍州で薬草姫として人々に慕われている少女・虞凛花は、神託により、妃の一人として月華後宮に入ることに。父帝を廃した冷徹な皇帝・紫曄に嫁ぐ凛花を憐れむ声が聞こえる中、彼女は己の後宮入りの目的を思い胸を弾ませていた。凛花の目的は、皇帝の寵愛を得ることではなく、自らの最大の秘密である虎化の謎を解き明かすこと。
後宮入り早々、その秘密を紫曄に知られてしまい焦る凛花だったが、紫曄は意外なことを言いだして……？
あらゆる秘密が交錯する中華後宮物語、ここに開幕！

◎定価：726円（10%税込み）

●illustration:カズアキ

もののけ達の居るところ
ひねくれ絵師の居候はじめました
神原オホカミ
Ohkami Kanbara
ふたりきり、だけどにぎやかで温かい同居生活。
仕事がうまく行かず、
幻聴に悩まされていた瑠璃は
ひょんなことから、人嫌いの「もののけ絵師」
龍玄の家で暮らすことになった。
しかし龍玄の家からは不思議な『声』がいつも聞こえる。
実はその『声』がもののけ達によるもので——？
楽しく日々を過ごしているもののけ達と、
ぶっきらぼうに見えるが
優しい龍玄にだんだん瑠璃の心は癒されていく。
そんなある日、もののけ達の
「引っ越し」を瑠璃は頼まれて……

迦国《かのくに》あやかし後宮譚《こうきゅうたん》
1~3
著 シアノ
皇帝が選んだのはあやかし憑きの少女!?
アルファポリス
第13回
恋愛小説大賞
編集部賞
受賞作

迦国あやかし後宮譚
2
陰謀渦巻く後宮で
皇帝命の危機!?

迦国あやかし後宮譚
3
愛妃にまつわる
真実が明らかに!

◎ISBN 978-4-434-30555-9